AF221827

Der Rücktritt

aus dem Leben eines Jungen in der DDR

Ein Roman von Uwe Drewes

Gewidmet meinen Freunden in Quedlinburg und
Bad Suderode

Horst/Holstein 2022

Dieser Roman ist eine reine Fiktion. Personen und Ereignisse sind Erfindungen des Autors.

Das gilt auch dann, wenn hinter den Romanfiguren Urbilder erkennbar sein sollten und reale Ereignisse ihn inspiriert haben.

Mein besonderer Dank gilt wieder meiner Frau Sabine Drewes für die sehr gute Unterstützung bei der Erarbeitung des Buchmanuskriptes.

Titelbild: Uwe Drewes
Herstellung und Verlag: BoD – Books on Demand, Norderstedt
ISBN: 9783756859153

Ohne Rücktritt

„Weg da, Bahn frei", schrie Olaf so laut er konnte. Vergeblich versuchte er, sein Fahrrad zum Stehen zu bringen. Das alte Rad hatte keine Handbremse, der Rücktritt funktionierte nur, wenn man ihn sehr gefühlvoll einsetzte. Aber daran war in dieser Situation nicht zu denken. Die stark abschüssige Landstraße, Reißaus genannt, war für einen sanften Bremsvorgang nicht geeignet. Hier hätte Olaf schon voll auf die Pedale treten müssen. Er war als letzter Junge seiner Klasse losgefahren, eben weil er von den Problemen seines Fahrrades wusste. In der Kurve stand die Klasse nun und wartete auf die Letzten. Dummerweise überhörten sie seine Warnrufe. Olaf sah vor sich eine Menschenmauer mit Fahrrädern. Die Situation überforderte ihn total. Wohin sollte er ausweichen. Rechts standen Bäume, links standen Bäume. Während er verzweifelt nach einem Ausweg suchte, hatte er schon die Gruppe erreicht und prallte mit hohem Tempo auf Hansis Fahrrad.

Olaf wurde durch den harten Aufprall in die Luft geschleudert und landete nach mehreren Metern Luftfahrt auf den Asphalt. Dann verlor er das Bewusstsein.

Als er wieder zu sich kam, sah er als erstes, wie Hansi auf einem Bein hüpfte und laut jammerte: „Aua, Aua, bist du bekloppt. Du hast mir das Bein gebrochen!" So schlimm war es gar nicht. Hansi hatte nur eine kleine Fleischwunde. Olaf wies äußerlich keine Verletzungen auf, verspürte aber starke Kopfschmerzen und Übelkeit.

Später wurde ihm klar, dass er eine mittelschwere Gehirnerschütterung hatte. Er besaß keinen Sturzhelm, der ihn hätte schützen können. Denn zu jener Zeit waren Fahrradhelme noch nicht üblich. Olaf hatte noch Glück gehabt, dass er keine schlimmeren Verletzungen erleiden musste.

Frau Arbes, die Klassenlehrerin, kam als Letzte. Sie hatte das Malheur gesehen, verlor aber keine weiteren Worte. Sie sagte nur: „Los aufsteigen, wir sind schon spät dran. Die Genossenschaftsbauern werden schon auf uns warten." Wie ihre Schüler hatte sie keine Lust, schon wieder bei der

Kartoffelernte aushelfen zu müssen. Nach-stoppeln hieß die ungeliebte Aktion. Dabei mussten die Kartoffeln aufgelesen werden, die von der Erntemaschine nicht erfasst worden waren. Wie nicht anders zu erwarten war, hatte es geregnet und die Kinder standen knöcheltief im lehmigen Ackerboden.

Olaf fühlte sich gar nicht gut. Ihm war schlecht, er fror und hätte sich am liebsten auf die schlammige Erde gelegt. Frau Arbes hatte nun doch ein Herz und erlaubte dem Unglücksraben, früher nach Hause zu fahren. Fahren wäre schön gewesen, aber das Fahrrad hatte ein total verbogenes Vorderrad. Olaf musste es vier Kilometer nach Hause schieben.

Man braucht keine Fantasie, um sich vorzustellen, wie groggy Olaf war, als er endlich die Tür zum elterlichen Grundstück öffnen konnte. Ihr Quietschen war Musik in seinen Ohren. Er ließ das demolierte Rad einfach fallen und ging in sein Zimmer. Erschöpft legte er sich auf sein Bett. Er war gerade beim einduseln, als die Tür seines Kinderzimmers aufging. Sein Vater stand im Türrahmen. Olaf sah ihm an, dass er nicht in bester Laune war.

Olafs Vater war Polizist. Schon deswegen achtete er sehr darauf, dass jeder in seiner Familie die Gesetze einhielt. Olafs Familie bestand neben ihm und seinen Eltern noch aus einem älteren Bruder und einer jüngeren Schwester. Olaf hatte bei seinem Vater keinen guten Stand. Woran das lag, wusste er noch nicht. Es war halt so, und er hatte sich damit abgefunden, dass seine Geschwister vorgezogen wurden. Dabei hätte sein Vater eigentlich gute Gründe gehabt, auf seinen Sohn stolz zu sein. Olaf gehörte zu den besten Schülern. Er trieb viel Sport und half gerne im Haushalt und im Garten.

Nun, wo sein Vater in der Zimmertür stand, spürte Olaf ein Gewitter heraufziehen. Aber der Vater setzte sich neben Olaf auf die Liege und nahm seine Hand „Was ist passiert? Mitten am Tag im Bett. Warum bist du nicht bei deiner Klasse? Und was ist mit deinem Fahrrad passiert? Hattest du etwa einen Unfall?"

Olaf konnte dieser direkten Frage nicht ausweichen. „Ja, bin gestürzt", murmelte er ängstlich. Seinem Vater genügte diese Antwort nicht: „Erzähle mir doch bitte ausführlich, wie das passieren konnte. Am besten wird sein, wir schauen uns zusammen dein Fahrrad an." Olaf stand widerwillig auf und trottete hinter seinem Vater her.

„Also", der Vater hielt das Fahrrad am Vorderrad hoch, „wie kam es zu deinem Unfall? Mir scheint, deine Bremsen funktionieren nicht. Waren die defekten Bremsen die Ursache für deinen Unfall?" Olaf kamen die Tränen. Trotzig antwortete er: „Meine Bremsen sind schon längere Zeit kaputt. Das wisst ihr doch. Ich habe von euch kein Geld bekommen, um sie reparieren zu lassen." Der Vater sah seinen Jungen wütend an und sagte: „Ich habe dir verboten, mit dem defekten Fahrrad weiter zu fahren. Womöglich gibst du mir noch die Schuld an deinem Sturz."

Olaf erwiderte: „Aber ich brauchte doch mein Rad, wie sollte ich sonst zum Ernteeinsatz kommen."

Der Vater stellte das Rad an die Schuppenwand: „Dieses Rad bleibt stehen, bis du es in Ordnung gebracht hast und ich seinen verkehrssicheren Zustand kontrolliert habe. Und jetzt ab mit dir in den Garten. Die Äpfel sind zu pflücken und die

Kaninchen sind zu füttern. Aber bitte kein Gras, nur Löwenzahn für die Karnickel. Ist das klar!"

Olafs jüngere Schwester hatte den Streit des Vaters mit ihrem Bruder verfolgt. Sie steckte ihm die Zunge raus und lästerte: „Geschieht dir ganz recht, immer machst du was du willst. Jetzt sieh man zu, wie du deine alte Karre wieder flott kriegst." Sie drehte sich um und fuhr mit ihrem nagelneuen Kinderrad davon.

Dieter war Olafs bester Freund. Er kam gerade recht, um die Lästerei Ulrikes zu hören. Olaf tat ihm leid. Dieters Vater war Schlosser, mit einer eigenen Werkstatt. Ein unglaubliches Privileg. Wie Olaf ihn darum beneidete. Dieter versuchte, Olaf zu trösten. Für einen Jungen seines Alters keine leichte Aufgabe. Er sagte: „Dein Alter hat voll was an der Birne. Wie kann er dir die Schuld an dem Unfall geben, wo er die Kosten der Reparatur abgelehnt hatte." Damit konnte er Olaf aber nicht trösten. Ganz im Gegenteil. Olaf heulte jetzt erst richtig los: „Wie soll ich das nur anstellen. Das Rad reparieren von meinem Geld. Ich habe doch gar kein Geld."

Dieter runzelte die Stirn: „Bekommst du kein Taschengeld?"

Olaf: „Nein, nur hin und wieder von meinem Opa ein paar Mark. Ich weiß auch nicht, wie teuer die Reparatur wird."

Dieter legte den Arm um seinen Freund: „Habe kapiert. Komm wir fragen meinem Vater. Der kennt sich damit aus."

Dieters Vater roch nach Farbe und Öl. Sein Overall war voller Öl- und Farbflecken. Olaf liebte diesen Geruch. Hin du wieder durfte er in der Werkstatt aushelfen. Er konnte davon nicht genug kriegen. Schrauben, Bohren, Feilen – das war seine Welt. Er wollte später unbedingt Schlosser oder Mechaniker werden. Aber nur, wenn er seinen Haupttraum nicht erreichen konnte. Darüber war er sich mit Dieter einig: Piloten wollten sie werden. Und nicht irgendein Pilot, sondern Jagdflieger auf einer MIG 19. Sie sammelten alle Informationen über diesen Jagdflieger und - bomber. Es war das erste Flugzeug, das im Horizontalflug schneller als der Schall war.

Olaf und Dieter hatten sich einen Trainingsplan ausgedacht, um sich für den Einsatz als

Kampfpilot körperlich fit zu machen. So oft es ihre Zeit erlaubte, unternahmen sie Ausdauerläufe. Punkt zwei des Trainingsplans waren Gleichgewichtsübungen. Dafür hatten sie einen alten Drehsessel umgebaut. Sie stießen sich im Sitzen vom Boden ab und erreichten beachtliche Drehzahlen. Nach einer Minute bremsten sie abrupt und versuchten, gerade auf einer Kreidelinie zu laufen. Das war gar nicht so einfach. Aber diese Übung machte ihnen am meisten Spaß. Sie konnten so richtig ablachen, wenn sie mal wieder mit dem schnell rotierenden Drehsessel umkippten und sich schmervoll den Hintern streichelten.

Ihre dritte Trainingsmaßnahme bestand im Luftanhalten. Sie atmeten tief ein und bemühten sich, so lange wie möglich ohne Atmung auszukommen. Dabei erreichten sie Zeiten von über einer Minute. Einmal wurden sie von Dieters Mutter gefragt, weshalb ein Kampfpilot die Luft anhalten muss. Darauf wussten sie keine Antwort. Wahrscheinlich sollte dadurch die Leistungsfähigkeit der Lunge erhöht werden, sagten sie. Die Mutter war damit zufrieden. Sie streichelte Dieters Locken und wünschte den beiden Kampfpiloten viel Spaß und Erfolg in ihrem harten Training.

Dieters Vater sah seinen Sohn mit Olaf und dessen kaputten Fahrrad schon kommen. Er legte den Schraubenschlüssel beiseite und wischte sich die Hände an einen Putzlappen ab. „Na Jungs", sagte er freundlich, „was ist euch denn widerfahren?" Ohne eine Antwort abzuwarten nahm er das Fahrrad und kontrollierte seinen Zustand. Er kratzte sich den Kopf und murmelte: „Auf den Schrott damit."

Olaf erschrak. Das hatte er sich anders vorgestellt. „Ich kann mein Fahrrad nicht verschrotten, ich brauche es jeden Tag und meine Eltern wollen mir kein anderes kaufen. Es müsste ja nicht mal neu sein."

Dieter sah seinen Vater bittend an: „Kann man da nicht was machen. Ich meine, können wir Olafs Fahrrad reparieren? Du hast doch bestimmt noch Ersatzteile im alten Schuppen." Dieters Vater lachte laut: „Du bist mir schon ein Schlingel. Immer werde ich von deiner Mutter und dir gehänselt, weil ich alles aufbewahre. Aber jetzt seid ihr froh darüber, dass Vati so gut wie nichts wegwirft."

Es gehörte in der DDR zu den verbreiteten Angewohnheiten, alles aufzubewahren, was man irgendwann zu irgendwas gebrauchen könnte. Diese Haltung war eine normale Reaktion auf die mangelhafte Versorgung mit Werkzeugen, Ersatzteilen und Werkstoffen. Die alte Scheune von Dieters Vater war deshalb kein Müllhaufen, sondern eine Schatzkiste. Was hier gelagert wurde, hatte einen variablen Wert. Der richtete sich danach, wie dringend der Artikel gebraucht wurde. Es konnte schon mal vorkommen, dass ein viele Jahre altes Ersatzteil mehr kostete als ein Neuteil. Ganz einfach deshalb, weil es neu nicht zu bekommen war.

Aber davon wussten die beiden Jungs noch nicht viel, als sie die alte Scheune nach Ersatzteilen für Olafs Fahrrad durchstöberten. Sie nahmen alles mit, was ihnen geeignet erschien. Bald stapelte sich auf dem Hof ein ansehnlicher Haufen von Fahrradteilen. Dieters Vater hatte inzwischen Olafs Fahrrad überprüft und holte einige Artikel aus dem Stapel. „So Jungs", sagte er ruhig, „das solls für erste gewesen sein. Wir nehmen dieses

Vorderrad, das Hinterrad mit funktionstüchtigem Rücktritt und die Handbremse. Den Rest könnt ihr wieder reintragen."

Olaf spürte vor Aufregung einen Kloß in seinem Hals. Er freute sich sehr, war aber besorgt, ob er diese Schätze auch würde bezahlen können. „Wieviel kostet das denn?", fragte er ängstlich. Dieters Vater sagte mit einem verschmitztem Lächeln: „Eigentlich zwanzig Mark. Aber ich ahne schon, dass du nicht so viel Geld hast. Wir machen das so, dass du mir immer das bringst, was du gerade entbehren kannst. Und ich könnte mir auch vorstellen, dass du mir in meiner Arbeit hilfst. Das rechne ich dir dann an."

Dieters Vater hatte ein großes Herz. Er freute sich, dass sein Junge mit Olaf befreundet war. Denn beide Jungen waren anständige Kerle. Sein Sohn hatte dadurch keinen schlechten Umgang. Er wusste von Jugendgruppen, wo Alkohol getrunken und geraucht wurde. Das wollte er für seinen Sohn verhindern. Die paar Mark für Olaf konnte er verkraften. Er winkte Olaf zu: „Komm gleich mal mit, du kannst mir beim Hartlöten helfen."

Neugierig folgte Olaf ihm in die Werkstatt. Er konnte sich unter Hartlöten nichts vorstellen. Dieters Vater wollte einen beschädigten Waschkessel reparieren. Er forderte Olaf auf, den Kessel festzuhalten, damit er das Loch flicken konnte. Währenddessen hielt er einen Vortrag über das Löten: „Du musst wissen, wir unterscheiden zwischen Hart- und Weichlöten. Beim Löten werden Genstände mit einem Bindemittel aus Metall fest verbunden. Beim Weichlöten nehmen wir Zinn als Bindemittel, beim Hartlöten eine härtere Metalllegierung. Die beim Hartlöten entstehende Verbindung ist stärker belastbar als beim Weichlöten. Deshalb repariere ich den Kessel auch nicht mit Zinn. Es würde beim Einheizen des Kessels schmelzen.“

Olaf hatte sehr interessiert zugehört. Das war genau das, was ihm Spaß machte. Dieter hatte den Vortrag seines Vaters verfolgt, wollte jetzt mit seinem Wissen doch etwas prahlen. Er sagte: „Du brauchst neben dem Bindemetall auch noch ein Flussmittel. Das dient dazu, dass das Metall auf der Lötstelle verlaufen kann. Das Flussmittel reinigt sozusagen die Oberfläche der Lötstelle.“

„Richtig mein Junge", Dieters Vater freute sich über das Wissen seines Sohnes, „und einen weiterer Unterschied haben wir noch. Wer von euch kennt den?" Dieter war um eine Antwort nicht verlegen: „Das kann ich dir sagen. Beim Weichlöten verwenden wir einen Lötkolben, der elektrisch erhitzt wird. Die dabei erreichte Temperatur würde für das Hartlöten aber nicht ausreichen. Deshalb benutzt man hier eine offene Flame, entweder eine Gaspistole oder eine Lötlampe mit Petroleum." „Und wieviel Grad Celsius braucht man beim Löten?", fragte Olaf. Dieter zuckte mit den Schultern: „Weiß nicht…"Der Vater sprang ihm zur Hilfe: „Beim Weichlöten sprechen wir von Temperaturen bis 450 Grad, Hartlöten reicht von 450 bis zirka 900 Grad."

„So fertig", der Vater legte die Lötlampe beiseite. „Ich danke dir für deine Hilfe. Ich denke, wir können dir dafür fünf Mark von deinen Fahrradschulden erlassen."

Dieters Mutter kam auf den Hof. „Komm rein, wir wollen Kaffee trinken", sagte sie zu ihrem Mann. „Sofort mein Schätzchen", der Vater ließ alles liegen und ging schnurstracks ins Haus. Dieter kicherte: „Da siehst du, wer hier der Chef ist. Er folgt ihr aufs Wort."

Aber das hatte Olaf schon nicht mehr gehört. Er konzentrierte sich auf die Reparatur und ließ erst davon ab, als sein Rad wieder verkehrssicher war. Er war nicht nur froh, dass er sein altes Rad wieder nutzen konnte, sondern auch sehr stolz, die Reparatur selber gemacht zu haben.

Für seine Generation war es typisch, dass die Eltern nicht so viel Geld besaßen, um jeden Wusch ihrer Kinder erfüllen zu können. Wenn das alte Fahrrad kaputt war, konnte es nicht einfach in die Werkstatt gebracht oder gegen ein neues eingetauscht werden. Diese junge Generation erwarb beim Reparieren und Improvisieren handwerkliche Fähigkeiten, die sie ein ganzes Leben lang anwenden konnten.

Segelfliegen

Olaf und Dieter hatten sich für das Wochenende etwas Wichtiges vorgenommen. Sie planten einen Ausflug zum Flugplatz Ballenstedt.

Sie waren am Sonnabend früher aufgestanden, denn vor ihnen lagen 10 Kilometer mit dem Fahrrad. Um 9.00 Uhr ging es los. Auf den Gepäckträgern lagen ihre Rucksäcke. Ihre Mamis hatten belegte Brötchen und Wasserflaschen darin verstaut. Ziel der langen Radtour war ein kleiner Flugplatz. Sie wollten sich danach erkundigen, ob sie eine Ausbildung zum Segelfliegen erhalten konnten. Das war seit langem ihr größter Wunsch. In der Arbeitsgemeinschaft Modellbau hatten sie sich bereits mit den Grundlagen des Fliegens vertraut gemacht.

Oft hatten sie davon gesprochen, welches Gefühl das wohl sein mag, wenn man in einem Segelflugzeug in die Luft aufsteigt. Stilles Gleiten. Nur der Wind ist zu hören. Der Steuerknüppel liegt fest in der Hand. Die Füße stehen auf den Pedalen. Jetzt den Steuerknüppel drücken, um Schwung für einen Looping zu holen. Nun den Knüppel ziehen, schnell Steigen und in einem eleganten Bogen sich einmal um die eigene Achse drehen. Das musste herrlich sein! Mit ihren Modellfliegern gelang ihnen das problemlos. Für sie war das schon Routine.

Den Flugplatz nutzen kleine Motorflugzeuge und Segelflieger gemeinsam. Die Jungen stellten ihre Fahrräder ab und setzen sich auf den Rasen. Ihre Eltern sahen das nicht gern, denn die Grasflecken an den Hosenböden ließen sich nur schwer entfernen. Aber die Jungen meinten, man muss ja nicht immer auf die Eltern hören.

Sie waren in einem Alter, wo die Pubertät sie erreichte. Zu dieser Zeit bezeichnete man das auch als Flegeljahre. Die Jungen wussten davon nichts. Sie wussten noch nicht, dass die Pubertät kein schlechter Charakterzug ist, sondern eine ganz normale und wichtige Entwicklungsphase auf dem Weg zum Erwachsenen. Dazu gehört auch, dass die Jungen nach eigenen Antworten und Entscheidungen suchten. Nicht selten in bewusster Opposition zu den Erwachsenen. Sie ließen sich nicht mehr alles verbieten, sondern wollten verstärkt ihren eigenen Willen durchsetzen. Heute wird diese Entwicklungsphase positiv gesehen. Es ist gut und notwendig, dass die Jungen und Mädchen in der Pubertät ihr eigenes Profil ausprägen.

Für Olaf und Dieter hatten ihre Eltern und Lehrer dieses Verständnis noch nicht. Pubertät wurde als eine Art von Krankheit empfunden, die durch eine strenge Erziehung unterdrückt werden musste.

Ein älterer Herr sprach sie freundlich an: „Na Jungs, ihr interessiert euch wohl für das Fliegen?"

Gute Frage, warum sonst sitzen sie hier.

Der Mann deutete ihr Schweigen richtig und lachte: „Schon klar, meine Frage war wohl unpassend. Aber wenn ich euch helfen kann? Ich bin schon seit vielen Jahren aktiver Segelflieger. Fragt mich nur, ich helfe euch gerne!"

Na wenn das kein glücklicher Zufall war. Ihre erste Frage ließ nicht lange auf sich warten: „Ab welchem Alter kann man das Segelfliegen erlernen?"

„Wir beginnen die Ausbildung mit dem 14. Lebensjahr."

„Darf man dann schon alleine fliegen?"

„Ja, wenn ihr die Prüfung besteht und das ärztliche Zeugnis bekommt. Dass eure Eltern damit einverstanden sein müssen, versteht sich ja von selbst."

Ihre Aufmerksamkeit wurde jetzt von den startenden Segelfliegern in Anspruch genommen. Die Seilwinde zog nacheinander mehrere Flugzeuge in die Höhe. Das sah ziemlich spektakulär aus, wenn die Maschinen steil in die Luft aufstiegen. Nach dem Ausklinken begann das sanfte Gleiten. Die Jungs waren überrascht, wie lange die Flugzeuge ohne Motorunterstützung über dem Gelände kreisen konnten. Sie fragten ihren neuen Bekannten: „Wie weit kann man mit einem Segelflugzeug fliegen?"

„Das hängt sehr von der Thermik, also vom Wetter ab. Erfahrene Piloten können durchaus über 500 Kilometer weit kommen. Aber so weit fliegen wir nicht, unser Radius beträgt 50 Kilometer. Die Geschwindigkeit liegt bei 80 bis 90 Km/h."

Donnerwetter, das hätten sie nicht gedacht. Jetzt blieb noch eine wichtige Frage zu klären, die nach den Kosten. Olaf fragte: „Wie teuer ist ein Segelflugzeug, können wir uns das überhaupt leisten?" Der Mann musste lachen: „Aber ihr müsst doch kein eigenes Flugzeug kaufen. Wenn ihr in unserer Gesellschaft für Sport und Technik, kurz GST genannt, Mitglied werdet, kostet das nur 50 Pfennige im Monat."

„Und da ist die Flugschulung schon enthalten?", fraget Dieter ungläubig.

Der Mann musste erneut lachen: „Ja, die Flugzeugkosten und die Schulung sind darin schon enthalten."

Nun soll es aber genug sein mit der Fragerei. Was sie wissen wollten, haben sie erfahren. Der Mann empfahl ihnen noch, mit einem erfahrenen Piloten einen Probeflug zu machen. Aber dafür müssten sie sich erst die Erlaubnis ihrer Eltern einholen.

Plötzlich hörten sie laute Schreie. Was war passiert? Oje, zwei Segelflugzeuge hatten sich in der Luft berührt. Eines wurde so stark beschädigt, dass es eine Tragflächenhälfte verlor und abstürzte. Zum Glück konnte sich der Pilot mit dem Fallschirm retten. Das andere hatte weniger abbekommen und konnte noch landen. Wie sie später erfuhren, handelte es sich bei beiden Fliegern um erfahrene Piloten. Einer war sogar Fluglehrer. Der Unfall kam zustande, weil sie unaufmerksam waren und die Sicherheits-vorschriften nicht einhielten.

Olaf und Dieter bekamen es nun doch mit der Angst zu tun. Sie wollten sich die Sache mit dem Segelfliegen noch einmal gründlich überlegen. Sie hatten ja noch Zeit. Sie wurden erst im nächsten Jahr 14 Jahre alt. Besser wäre auch, wenn sie ihren Müttern nichts von dem Unfall erzählen würden.

Die Mutprobe

Olaf wohnte am Rande einer kleinen Harzer Ortschaft. Für ihn war es der schönste Ort der Welt. Gleich hinter dem Haus seiner Eltern begann die Feldflur. Der für den Ostharz charakteristische Mischwald mit alten Buchen, Eichen und Fichten sowie große Wiesen mit Strauch- und Baumstreifen prägten die Landschaft. Olaf war mit mehreren Jungen seines Alters befreundet. Sie liebten es, gemeinsam umher zu strolchen und ihre Geschicklichkeit und ihren Mut zu beweisen. Heimlich hatten fünf Jungen eine Bande gegründet. Olaf war ihr Anführer. Von seinem Opa hatte er eine

Geheimschrift erlernt. Das war gar nicht schwer. Er schrieb mit Milch. Dadurch konnte man das Geschriebene erst dann lesen, wenn man das Blatt über eine Kerze hielt. Dann färbte sich die Schrift durch die Hitze der Flamme dunkel. Und wie von einer Zauberhand gemacht, erschien der Text. Durch dieses einfache aber wirkungsvolle Verfahren konnten sich die Mitglieder der Bande Nachrichten schreiben, die kein anderer lesen kann.

Heute hatte die Bande sich vorgenommen, ein Baumhaus zu bauen. Olaf hatte dafür Briefe in Geheimschrift geschrieben. Das Projekt sollte in einem kleinen Waldstück am Harzrand entstehen. Jeder sollte so viel Materiealien und Werkzeuge mitbringen, wie er konnte. Leider hatte keiner der Jungen schon ein Baumhaus gesehen, geschweige denn selber gebaut. Sie besaßen nur Bilder aus einer Zeitung und ihre Fantasie. Aber Olaf wollte sich als Anführer keine Blöße geben. Und so begann die kleine Gruppe nach seinen Anweisungen mit dem Bauwerk. Sie entschieden sich für eine alte Eiche, die schon im unteren Stamm zwei kräftige Äste besaß. Dadurch konnten die jungen Baumeister die Leiter gut anstellen. Die Leiter musste zuerst errichtet werden, danach war der Fußboden an der Reihe. Für den Boden hatten sie Bretter organisiert, die beim Schuppenbau von Felix Eltern übrig geblieben waren. Im Wald fanden sie genug Äste, um daraus das Geländer zu basteln. Sie verbanden alle Bauteile durch Holzschrauben. Das hält besser als mit Nägeln. Die Verankerung im Astwerk der Eiche stellten sie nicht mit Schrauben her, sondern mit kräftigen Stricken. Dadurch wurde der Baum nicht beschädigt.

So ein Baumhaus ist nicht an einem Tag errichtet. Nicht einmal in einer Woche. Aber die Jungs waren fleißig und kamen gut voran. Ihre Eltern bemerkten ihr emsiges Treiben nicht. Nach zwei Wochen fleißiger Arbeit schien ihr Werk vollendet zu sein. Ihr Baumhaus hatten sie in einer Höhe von zwei Metern gut im Laubwerk verborgen. Viel Platz bot es ja nicht, aber wenn sie eng zusammenrückten, reicht es. Und sie konnten von hier oben alles gut beobachten.

Das Baumhaus wurde ihr liebster Abenteuer-spielplatz. Nach und nach wurde ihre Ausrüstung vervollkommnet. Zuerst bastelte sich jeder einen Bogen mit Holzpfeilen. Für den Bogen eignete sich

das Metallgestell alter Regenschirme hervorragend. Damit konnten sie Pfeile bis zu 50 Meter
weit schießen. So pirschten sie nun in geduckter
Haltung durch die Wiesen. Den Bogen
schussbereit. Aber so oft sie auch ihre Pfeile
fliegen ließ, nicht ein Kaninchen wurde getroffen.
Dann komplettierten sie ihre Ausrüstung mit
Zwillingen, auch Schlappschleuder genannt.
Astgabeln waren schnell gefunden und als
Schleuderband nahmen sie Omas Einweck-
gummis. Nun konnten sie den besten Schützen
ermitteln. Olaf gewann oft, aber nicht immer. Jan
war auch nicht schlechter.

So hätte es den ganzen Sommer weiter gehen
können. Aber in die Bande zog Unfrieden ein. Olaf
musste um seine Rolle als Anführer fürchten. Jan
wollte ihn ablösen. Er nörgelte an allem rum und
sagte: „ Olaf du bist kein guter Anführer, weil du
noch keine Mutprobe bestanden hast." Olaf war
kein Feigling. Das ließ er nicht auf sich sitzen. Er
forderte Jan auf: „Dann mach doch gefälligst
einen Vorschlag für eine Mutprobe."

Jan provozierte ihn: „Wetten, dass du dich nicht
traust, von hier oben auf die Erde zu springen?"
Felix ist besorgt: „Mach keinen Quatsch, das sind

mehr als zwei Meter. Du kannst dir was brechen." „Ha, ha", Jan lacht höhnisch, „da hast du wohl Schiss." Felix stand Olaf bei: „Wenn schon, dann müsst ihr beide springen. Anführer soll sein, wer sich am höchsten traut."

Olaf sprang zuerst. Jan folgte ihm nach einigem Zögern. Der Wettstreit stand unentschieden. „Traust du dich auch vom Geländer zu springen", stichelte Jan. Olaf nahm die Herausforderung an und sprang. Jan braucht lange, um sich zu überwinden. Aber er traute sich schließlich auch.

Jetzt übernahm Olaf das Kommando: „Ich gebe die nächste Höhe vor. Mal sehen ob du dich das auch traust." Und er kletterte auf den nächsten Ast. Und sprang. Dabei knickte er mit dem rechten Fuß um und holte sich eine schmerzhafte Zerrung. Jan hatte auf einmal kein Interesse mehr an der Bande. Er knurrte: „Macht doch euren Quatsch ohne mich. Ist mir sowieso zu kindisch. Morgen werde ich euch im Freibad zeigen, wer vom Drei Meter Brett springt."

Felix stand Olaf wieder bei: „Das ist nicht die Mutprobe. Hier hättest du springen müssen und hast dich nicht getraut."

Olaf blieb der Anführer. Er humpelte nach Hause. Seinen Eltern beichtete er, was er angestellt hatte. Sein Papa untersuchte sofort das Baumhaus und stellte fest, dass es viel zu instabil für die Jungs war. Er befahl, das Baumhaus abzubauen. Sie durften aber im Garten seiner Eltern unter Aufsicht ein neues Baumhaus errichten. Aber dazu hatte die Bande keine Lust. Denn nun sollten sie unter der Aufsicht ihrer Eltern spielen. Doch das hatte für sie keinen Reiz. Es warteten schon andere Abenteuer auf sie.

Diese Vermutung der Jungen bestand zu Recht. Eltern, vor allem die Mütter, haben von Natur aus ein starkes Schutzbedürfnis, wenn es um ihre Kinder geht. Sie können nichts dafür, dass das so ist. Aber junge Menschen können sich nicht nur unter der Aufsicht ihrer Eltern entwickeln. Das schränkt ihre Schöpferkraft ein. Dabei kann ruhig mal was passieren. Auch wenn es manchmal hätte vermieden werden können, wenn die Eltern vorher davon gewusst hätten.

Familienfeier – Oder weshalb Olaf mit seinem Opa auf dem Apfelbaum Kohlrouladen aß

Das Abendessen war lange und gründlich vorbereitet worden. Der 40. Hochzeitstag von Oma und Opa sollte ganz in Familie gefeiert

werden. Ganz in Familie hieß: Oma und Opa als das ehemalige Brautpaar sowie die Tochter mit Schwiegersohn und den drei Enkeln. Oma hatte lange überlegt, welches Essen dem Anlass genügen würde und sich schließlich für Kohlrouladen entschieden. Das war nämlich Opas und Olafs Lieblingsessen und auch die anderen würden das mögen. Zum Nachtisch wurde Rote Grütze mit Vanillesauce vorbereitet, das mochten alle gern.

Opa hatte, wie immer, die Verantwortung für die Getränke übertragen bekommen. Obwohl nicht unvermögend, war er als sparsamer Einkäufer gefürchtet. Er bat Olaf, ihn beim Tragen zu unterstützen. Sie gingen zu ALDI, weil er dort einen günstigen Rotwein entdeckt hatte. Er war nicht zu teuer, aber neu im Sortiment, deshalb noch nicht probiert. Aber er war es als ehemaliger Inhaber eines Baubetriebes gewohnt, Risiken zu tragen. Er kaufte deshalb gleich zwei Flaschen. Für die Kinder entschied er sich, nach Rücksprache mit der Tochter, nicht für Cola, sondern für Schwipp Schwapp. Auch dieses ihm bis dahin unbekannte Getränk kaufte er, ohne es vorher zu probieren. Mit vollem Risiko, gleich zwei Flaschen. Immerhin war Schwipp Schwapp viel günstiger als Cola. Da konnte er nicht viel falsch machen.

Eines war klar, es handelte sich um kein gewöhnliches Abendessen, sondern um einen würdigen Anlass. Die Großeltern hatten sich deshalb etwas feiner als üblich angezogen. Oma trug nicht die bequemen Leggins in Kunstlederoptik - von den Enkeln auch Taucherhosen genannt - sondern ein dunkles Kleid. Dazu passend eine schicke Auswahl ihres Goldschmuckes. Opa entschied sich für eine dunkle Stoffhose, kombiniert mit seinem hellblauen Lieblingshemd. Seine Zuneigung zu diesem Hemd hatte keine modischen Gründe, sondern resultierte aus der Tatsache, dass dieses Hemd als einziges nicht kratzte, jedenfalls weniger als die anderen. Als modisches Accessoire schmückte ein dunkles Seidentuch seinen Hals. Olaf kam nicht daran vorbei, an Stelle des T – Shirts ein Hemd anzuziehen. Seine Mutti hatte darauf bestanden.

Der Tisch war festlich gedeckt. Oma und Opa nahmen sich in die Arme und wünschten sich einen schönen Abend mit ihren liebsten Menschen. Opa hatte eine kleine Rede vorbereitet, in welcher er den Kindern und Enkeln einen launigen Überblick über den Verlauf der Hochzeit geben wollte. War ja schließlich eine ganz andere Zeit als heute. Da gab es keine große Feier in einer teuren Gaststätte, sondern das Hochzeitsfest fand in der kleinen Neubau-wohnung statt. Aber nicht die Größe der Hochzeitsfeier sondern die Größe der Liebe war entscheidend. Das wollte er den jungen Leuten heute Abend ans Herz legen, damit sie eine Lehre für ihr eigenes Leben erhalten.

Jäh wurde er in seinen Gedanken über das Redekonzept von der Türklingel unterbrochen. Die Gäste standen vor dem Haus und nahmen nach einer herzlichen Begrüßung lautstark am ausgezogenen Wohnzimmertisch Platz. Großer Jubel brandete auf, als Opa mit der Schwipp Schwapp Flasche erschien. „Opa, du bist der Beste", rief Olafs kleine Schwester und nahm gleich einen großen Schluck aus dem vollen Glas. Leider vergaß sie, beim Hinstellen den übervoll gedeckten Tisch zu beachten. Das Glas kippte um und die braune Schwipp Schwapp Brühe floss über das weiße Tischtuch.

Ihrer Mama war das gar nicht peinlich. „Das ist doch nicht schlimm, das hast du doch nicht mit Willen gemacht", nahm sie wie immer bei solchen Vorfällen ihre Kinder in Schutz. Da es sich nicht lohnte, ein sauberes Tischtuch aufzulegen, blieb der Schwipp – Schwapp – Fleck erhalten und zierte fortan die festliche Tafel.

Jetzt traf auch die ältere Schwester ein und setzte sich schwungvoll an den Tisch. Opa wollte, da die Familie nunmehr vollständig versammelt war, seine humorvolle Rede vortragen. Doch ehe er eine Silbe sagen konnte, sprudelte die ältere Schwester los: „ Das ist doch eine große Gemeinheit. Wir wollen morgen auf Klassenfahrt gehen und ich soll nun mit Tamara und Nina in einem Zimmer schlafen. Da kann ich gleich einpacken. Die sind doch beste Freundinnen und werden mich links liegen lassen." Damit brach sie in Tränen aus und musste ausgiebig getröstet werden. Die Mama fragte: „Wer hat das denn entschieden, etwa die Klassenlehrerin Frau Ziege?"

„Ja."

„Na, die rufe ich heute Abend noch an, wär ja gelacht."

Inzwischen, von allen unbemerkt, da mit dem Weltproblem der älteren Schwester beschäftigt, hatte sich die Kleine eine große Kohlroulade auf den Teller gelegt. Unerfahren im Entzwirnen von Kohlrouladen, war diese vom Teller auf den neuen Teppichboden gerollt und hatte bei der Gelegenheit einen großen Fleck hinterlassen. Ihre Mama nahm das nebenbei zur Kenntnis und tröstete sie: „Das ist doch nicht schlimm, das hast du doch nicht mit Willen gemacht."

Nachdem Oma den Soßenfleck leidlich beseitigt hatte, nahm Opa das Glas in die Hand und wollte endlich seine Rede halten. Er wurde jedoch von seiner Tochter unterbrochen, ehe er noch die erste Silbe über die Lippen gebracht hätte: „Lass uns doch erst einmal essen, ist doch alles schon kalt."

Da nahmen Opa und Olaf ihre Teller mit den geliebten kalten Kohlrouladen, gingen in den

Garten und stiegen auf den kräftigen Apfelbaum. Dort verspeisten sie in aller Ruhe ihr Lieblingsessen. Seitdem weiß Olaf: Opas haben es auch nicht immer leicht.

Die zerbrochene Gitarre

Verdammt tat das weh. Dabei hatte es Mutti verboten. Olaf sollte nicht durch die Fahrradsperre fahren sondern absteigen und schieben. Bisher war es immer gut gegangen, aber heute, mit der Gitarre auf dem Rücken, blieb er mit der Pedale hängen und stürzte. Das rechte Bein blutete. Aber das war nicht so schlimm. Vielmehr sorgte er sich um die Gitarre. War etwa der Hals abgebrochen? Na prima, ärgerte sich Olaf. Das hatte ihm noch gefehlt. Seine Eltern hatten das teure Instrument gekauft. Es war eine gute Gitarre, nicht ganz billig.

Olaf nahm schon seit vier Jahren bei Torsten Gitarrenunterricht. Er wollte dieses Instrument gerne spielen können. Vorbild war sein Vater. Der besaß mehrere Gitarren, darunter auch eine rote Elektrogitarre. Olaf ging gerne zum

Musikunterricht. Torsten war ein lieber Typ, sagte nie ein böses Wort. Auch dann nicht, wenn Olaf wieder nicht geübt hatte. Eigentlich übte er nie zu Hause. Er machte deshalb nur kleine Fortschritte. Seine Eltern tolerierten das. Sie ließen ihn entscheiden, wie intensiv er sich diesem Hobby widmete.

Als Olaf zu Hause ankam, begegnete er zuerst seinem Papa. Der fragte : „Na, wie war heute der Gitarrenunterricht? War Torsten mit dir zufrieden?" Doch ehe Olaf antworten konnte, bemerkte sein Vater die beschädigte Gitarre. Er blieb ruhig und fragte, wie es zu dem Unfall gekommen war. Dabei reinigte er Olafs blutende Wunde und versah diese mit einem großen Pflaster. Dann schickt er den Jungen zum Ausruhen auf sein Zimmer. Olaf war ganz unsicher, wie er die Reaktion seines Vaters beurteilen sollte. Er hatte mit einem großen Donnerwetter gerechnet. Ob das noch kam? Auch beim Abendessen sprachen seine Eltern nicht über den Unfall. Erst danach setzten sie sich gemeinsam an den Küchentisch.

Das war das Familienberatungszentrum. Hier wurden alle wichtigen Dinge besprochen. Olaf sollte schildern, wie es zu dem Unfall gekommen war. Er verzichtete auf eine Ausrede, er berichtete wahrheitsgemäß den Unfallhergang. Das war in seiner Familie so üblich. Wer sich liebt, lügt den anderen nicht an. Das hatte er von klein an gelernt. Seine Eltern lebten ihm das vor. Die Familienberatung dauerte deshalb auch nicht lange. Olaf hatte einen Fehler gemacht. Das kam vor. Schwamm drüber. Der Schaden an der Gitarre war zum Glück nicht so groß.

Handball

Es ging um nicht weniger als um den Spitzenplatz in der Tabelle. Olafs Mannschaft war deshalb sehr nervös, obwohl keiner der Jungen das zugeben würde. Auch Olaf zeigte sich äußerlich cool. Er beobachtete den Gegner. Da waren schon ein paar kräftige Typen dabei. Er wird es als Torwart seiner Handballmannschaft nicht leicht haben. Aber der Gegner müsste zu knacken sein, dachte Olaf. Schließlich hatte sein Team auch starke Werfer. Vor allem Collin kann den Ball sehr präzise einlochen.

„Also Jungs", der Trainer holte Olaf in die Realität zurück, „ihr wisst, worum es geht. Ihr seid eine gute Mannschaft. Ich erwarte heute einen Sieg."

Der hat gut lachen, dachte Olaf, der bekommt ja auch nicht die harten Bälle aufs Tor. Vor jedem Spiel machte er sich Vorwürfe, dass er sich für das Tor entschieden hatte. Diese Position ist im Handball kein Zuckerschlecken. Es kam immer wieder vor, dass er einen Ball ins Gesicht bekam. Das tut schon gemein weh.

Der Schiedsrichter pfiff das Spiel an. Olaf musste sofort den ersten Ball halten. Mist, der war im Netz. Und jetzt bekam der Gegner auch noch einen Siebenmeter zugesprochen. Collins Vater verfolgte das Geschehen sehr temperamentvoll. Er rief laut: „Hey Schiri, das war doch kein Siebener. Bist du hier zur Probe oder was."

Wie peinlich, dachte Olaf und konzentrierte sich auf den Wurf. Mist, schon wieder im Netz. Mit hängenden Schultern und gesenktem Kopf stand er vor seinem Tor. Sein Vater rief laut: „Nur nicht den Kopf hängen lassen, du kannst das besser." Olaf würde am liebsten zurückrufen, dann stell du dich doch mal ins Tor, das ist nicht so einfach.

Aber er verkniff sich das und verfolgte lieber das Spiel. Inzwischen stand es 12 zu 8 für den Gegner. Halbzeit. Der Trainer nutzte die Pause, um der Mannschaft taktische Anweisungen zu geben. Olaf hörte nur mit halbem Ohr hin. Für ihn als Torwart ist die Taktik klar: Keinen Ball reinlassen.

Anpfiff zweite Halbzeit. Schon wieder ein Siebenmeter für den Gegner. Der größte und kräftigste Spieler warf den Ball und traf Olaf mit voller Wucht ins Gesicht. Dem wurde schwarz vor Augen. Aber der Ball war nicht im Tor. Olaf hatte nicht gekniffen, sondern den Wurf mit seinem Gesicht abgewehrt. Das machen nur die besten und härtesten Torwarte. Denn der Mensch besitz eigentlich einen Schutzreflex. Wenn Gefahr droht, weicht er dem auf sein Gesicht zukommenden Ball blitzschnell aus. Diesen Reflex zu unterbinden ist sehr schwer. Olaf hatte es geschafft. Seine Kameraden und die Zuschauer jubeln.

Olaf verkniff sich die Schmerzen. Jetzt erst recht, sagte er sich. Der gegnerische Werfer erhielt wegen grober Unsportlichkeit die gelbe Karte und eine zwei Minuten Strafe. Olafs Mannschaft drehte jetzt ordentlich auf. Der Rückstand wurde immer kleiner. Noch ein Tor bis zum Ausgleich bei zwei Minuten Spielzeit. Collin hatte den Ball. Er setzte zum Sprung an, er sprang und wurde zu Boden geworfen. Collins Vater tobte: „Das ist ein Siebenmeter. Lass dir das nicht gefallen Collin. Mach sie fertig!"

Felix durfte den Siebenmeter werfen. Er täuschte geschickt den Torwart und powerte den Ball als Aufsetzer ins Netz. Ausgleich. Der Gegner ist im Ballbesitz. Alle sind in Olafs Spielhälfte. Noch 30 Sekunden. Der Gegner will das Spiel mit einem Distanzwurf entscheiden. Aber Olaf hält! Geistesgegenwärtig wirft er den Ball im hohen Bogen auf das leere gegnerische Tor. Und der Wurf gelingt. Das war der Siegtreffer.

Die Sirene ertönt. Aus, das Spiel ist aus! Olaf ist der Held des Tages. Collins Vater drückt ihm anerkennend die Hand: „Tolle Leistung, weiter so." Und dieses Lob hat großen Wert, denn Collins Vater hat mal in der Landesliga gespielt.

Auf der Heimfahrt mag sich Olaf gar nicht mit seinem Vater unterhalten. Er fühlt sich müde, ist aber glücklich. Handball ist doch sein Ding. Vor allem seine Freunde in der Mannschaft sind ihm wichtig. Dass jeder sein Bestes gibt und dass auf jeden Verlass ist. Da kann es schon mal vorkommen, dass man einen Ball auf die Nase bekommt. Er kann das schon aushalten. Seine Freunde vertrauen ihm. Und das geht in Ordnung

Hecht mit Biss

Das Wasser im Kanal war trübe. Trotzdem konnte Olaf eine Bewegung erkennen. Oder besser erahnen. Vermutlich ein größerer Fisch. Wenn er Glück hat ein großer Barsch. Die Barsche haben keine Schonzeit, ein Hecht wäre schlechter. Er warf seinen Köder zu der Stelle, wo er die Bewegung vermutete. Nichts. Da. Wieder eine Luftblase. Erneut warf er den künstlichen Köderfisch dahin. Und dann ging alles sehr schnell. Mit einem Ruck riss er die Angelrute nach oben. Er spürte den Widerstand. Es musste ein kräftiges Exemplar sein. Wie er es im Angelkurs gelernt hatte gab er etwas Schnur und ließ dem Fisch Zeit, um zu ermüden. Gleichmäßig holte er nun die Schnur ein. Jetzt endlich konnte er erkennen, wer sich an seinem Haken verbissen hat.

Ein Hecht. Ihn durchströmte eine große Freude. Sein erster Hecht, selber geangelt. Das war sein Ritterschlag zum Angler. Er könnte vor Glück einen Purzelbaum machen. Und keiner ist da, dem er seinen Erfolg mitteilen könnte.

Mit dem großen Kescher fängt er den Hecht ein und hebt ihn an Land. Olaf sieht sich um. Wo blieb nur sein Opa? Der war noch einmal nach Hause gefahren, um sich eine warme Jacke zu holen. Deshalb musste Olaf jetzt ohne Hilfe auskommen. Er besann sich auf das, was er gelernt hatte. Den Hecht hinter die Kiemen fassen. Dann tritt die Starre ein und er kann den Haken lösen. Er hebt den Fisch hoch und schätzt Größe und Gewicht. Bestimmt sind es 50 Zentimeter und ein gutes Kilo. Leider muss er ihn wegen der Schonzeit wieder frei lassen. Das ist für ihn Ehrensache.

Verflixt, der Haken hatte sich im Unterkiefer des Hechtes verfangen. Er griff in das Fischmaul, um ihn zu lösen. Eigentlich müsste er dafür eine Zange nehmen, aber die lag 50 Meter entfernt auf der Bank. Und von Opa weit und breit nichts zu sehen.

Es gelang ihm, den Haken zu lösen. Aber just in dem Augenblick, als er die Hand aus dem Fischmaul zog, bis der Hecht zu. Olaf sah an seiner Hand Blut, verspürt aber keinen Schmerz. Wem gehörte das Blut, doch wohl nicht dem Fisch? Da kam endlich der Opa wieder. Olaf hüpfte und gestikulierte mit den Armen, damit ihn der Opa bemerkt. Er ruft: „Hallo Opa, ich bin hier hinten. Ich habe einen Hecht gefangen."

Der Opa kam so schnell er konnte. Erschrocken bemerkte er die blutende Hand seines Enkels. Er holte Verbandszeug aus dem Auto, reinigte notdürftig die Wunde und legte dem Jungen mit einer sterilen Binde einen Verband an. Dabei wickelte er zuerst den Daumen ein und dann die ganze Hand. Schnell verstauten sie das Angelzeug im Auto und fuhren nach Hause, damit die Mama die Wunde ordentlich behandelte. Olaf klingelte und die Mama öffnete die Haustür. „Wie sieht du denn aus", rief sie erschrocken, „wo ist dein Daumen?" Sie hatte gedacht, der Hecht hätte den Daumen abgebissen. Zum Glück war es so schlimm nicht gekommen. Die Bisswunde war nur oberflächlich und verheilte schnell. Die Schmerzen waren bald vergessen. Geblieben war dagegen die Erinnerung an den ersten Hecht. Einen Hecht mit Biss.

Russisch und andere Lieblingsfächer

Opa holte Olaf von der Schule ab. Immer donnerstags, damit der Junge nicht zwei Stunden auf den Bus warten musste. Großvater und Enkel liebten diese gemeinsame Fahrt, weil sie sich ungestört unterhalten konnten. Männerthemen eben, wie sie Jungs interessieren. Heute wollte das Gespräch nicht so recht zustande kommen. Opa blickte Olaf fragend von der Seite an: „Wie war's heute in der Schule? Ist die Russischarbeit gut ausgefallen?" Olaf ließ sich für die Antwort Zeit. Er hatte mit Opa für diese Klassenarbeit gelernt und jetzt war es ihm peinlich, dass er die Klausur verhauen hatte: „Schule war heute okay, aber in Russisch habe ich eine Fünf bekommen."

Opa war überrascht: „Verstehe ich nicht, du warst doch gut vorbereitet."

Olaf: „Eben nicht. Wir hatten uns auf das Thema ‚im Flugzeug' konzentriert. Statt dessen kam aber ‚auf dem Bahnhof' dran.

Opa: „Wie konnte das passieren? Hast wohl wieder mal nicht aufgepasst, als deine Lehrerin die Arbeit angekündigt hat?"

Olaf sagte lieber nichts. Nach einer Weile fragte er: „Hattest du eigentlich Russischunterricht? Mir macht das keinen Spaß. Ich verstehe sowieso nicht, weshalb wir dieses blöde Russisch lernen müssen. Später werde ich das nie benötigen."

Opa: „Und du, welchen Beruf willst du mal ergreifen."

Olaf: „Weiß ich noch nicht so genau. Jedenfalls etwas mit Technik, am besten Flugzeug-ingenieur."

Opa kannte seinen Enkel. Er wusste dass er ihm jetzt keine Vorwürfe machen durfte. Die machte der sich schon selber. Am besten würde es sein, wenn er ein Zuhöropa war. Olaf war sich der Konsequenzen bewusst. Wenn er in Russisch eine Fünf auf dem Zeugnis haben würde, wird er nicht versetzt werden und konnte das Abitur vergessen. Dann konnte er auch nicht Ingenieur werden.

Das Auto hielt an der Ampel. Opa schaltete das Radio aus und sagte freundlich zu Olaf: „Aber das schaffst du doch." Und als Olaf nicht antwortete fügte er hinzu: „Die Sowjetunion gehört zu den führenden Flugzeugbauern in der Welt. Du kennst bestimmt die Namen bedeutender sowjetischer Flugzeugkonstrukteure." Olaf antwortete: „Na klar, das sind doch Antonow, Jakowlew, Tupolew und Mikojan." Richtig, freute sich Opa über das Wissen seines Enkels. Und Iljuschin wollen wir mal nicht vergessen. Weißt du denn auch, welche Flugzeuge von Iljuschin konstruiert worden sind?"

Olaf überlegte. Dieses Thema interessierte ihn sehr: „Ich kenne nur die IL 62 und Il 28."

Opa nickte zustimmend: „Das sind wohl auch seine bekanntesten Konstruktionen. Aber das Team unter dem Namen Iljuschin hat 20 militärische und 10 zivile Flugzeuge gebaut." Und nach einer Weile: „Für einen Flugzeugingenieur wäre es schon wichtig, die russische Sprache zu kennen. Stell dir doch mal vor, du erhältst die Gelegenheit in der Sowjetunion Flugzeugtechnik zu studieren. Und dann geht das nicht, weil du in der Schule keine Lust hattest, dich mit Russisch zu beschäftigen. Wäre doch echt blöd, oder?"

Olaf nickt: „Stimmt, da hast du Recht. Im nächsten Jahr lasse ich Russisch nicht so schleifen. Bringt ja nichts, wenn ich das Fach hasse. Den Schaden habe nämlich ich, und kein Lehrer oder Direktor."

Opa freute sich über die Antwort: „Richtig. Ihr lernt nicht für die Schule sondern für das Leben?"

Olaf lachend: „ Lass gut sein Opa, dieser Spruch ist so alt wie du, mindestens"

„Na das hört sich ja richtig gut an", Opa verzieh seinem Enkel die kleine Unverschämtheit. „Welches sind denn deine Lieblingsfächer?"

Olaf überlegte kurz: „Lieblingsfächer habe ich eigentlich nicht. Ich mag Physik und Biologie, am liebsten habe ich aber Sport."

Opa lachte: „Wie bei mir. Das geht vermutlich allen Jungs so. Weißt du eigentlich, dass ich früher mal Kreismeister im leichtathletischen Dreikampf war?"

„Oha", Olaf war beeindruckt, „das ist ja cool. Woraus bestand denn damals der Dreikampf?"

Opa überlegte: „Soweit ich mich erinnere waren das der Hundert - Meter - Sprint, Weitsprung und Keulenweitwurf."

„Und wie weit bist du gesprungen?"
Inzwischen hatten sie ihr Ziel erreicht. Opa stellt den Motor ab und antwortet: „Daran kann ich mich nicht mehr genau erinnern."

Olaf stieg aus: „Ist auch nicht so wichtig. Danke fürs Fahren." Und ging, ohne sich umzudrehen, zur Haustür.

Opa lächelte. Gut, dass wir geredet haben.

Die Wippe

Olaf schlenderte zum Spielplatz. Ihm war langweilig. Er hoffte, hier Freunde zu treffen. Obwohl es nicht erlaubt war, hatte der Spielplatz im Leben der Jugendlichen eine wichtige Funktion. Hier trafen sie sich, um über Musik, Technik und solche Sachen zu reden. Jungenthemen eben. Doch die Gemeinde- verwaltung sah das nicht gerne. Der Platz sollte den kleinen Kindern zum Spielen vorbehalten sein. Die Größeren wurden unter Generalverdacht gestellt, dass sie die Spielgeräte demolieren würden.

Da noch niemand auf dem Platz war , setzte sich Olaf auf eine Wippe. Er stieß sich mit den Füßen ab und erreichte mühelos die höchste Position. Auch ohne Unterstützung eines Wipp-Partners. Er schloss die Augen und bildete sich ein, Pilot eines Flugzeuges zu sein. Plötzlich hielt jemand die Wippe fest. Olaf war darauf nicht vorbereitet und purzelte von seinem Sitz auf den Rasen. Eine helle Mädchenstimme kicherte und lästerte: „Na, Herr Pilot, wieder auf Wolke sieben gelandet. Sie müssen sich aber anschnallen. Das ist Vorschrift im Flugwesen."

Olaf kam in ein Alter, wo die Mädchen eine Rolle zu spielen begannen. Früher war das nicht so. In der fünften Klasse hatte er sich geweigert, im Sportunterricht am Volkstanz mitzumachen. Er lehnte es stur ab, Mädchen anzufassen. Dafür nahm er auch eine Vier in Kauf. Er und Mädchen anfassen. Ne, er doch nicht, niemals.

Und jetzt sah ihn die hübsche Gudrun kess aus ihren braunen Augen an. Olaf verspürte ein

Kribbeln in der Bauchgegend. Ganz gegen seine Gewohnheit fing er an verlegen zu stottern: „Guten Tag Gudrun. Wollen wir wippen?" Mein Gott wie peinlich, wenn die jetzt nein sagt, würde er zum Gespött der ganzen Schule. Und wie blöd war es erst, sie mit ihrem Vornahmen anzusprechen. Wo sie doch von allen nur Küsschen genannt wurde. Warum, wusste keiner. Aber der Kosename passte gut zu ihr. Um ihr die Zeit zum Neinsagen zu nehmen, schloss er gleich eine zweite Frage an: „Ist das etwa dein Kofferradio?"

Gudrun war zehnmal selbstbewusster als Olaf. Sie nahm auf der Wippe Platz, ohne sich darum zu scheren, dass ihr Rock hochrutschte und ihr rosa Schlüpfer sichtbar wurde. Sie sagte schelmisch: „Frage eins , ja. Frage zwei auch ja. Was willst du noch wissen." Olaf gewann so langsam seine Fassung zurück. Er stieß sich mit beiden Füssen kräftig ab. Aber Gudrun war kräftig und ausdauernd. Sie fing den Schwung der Wippe mühelos auf und drückte ihre kräftigen Beine in die Wiese, wodurch Olaf rasch in die Höhe geschleudert wurde. Olaf sah, wie sich Gudruns langes braunes Haar im Wind bewegte. Zu gern hätte er diese Locken gestreichelt und daran gerochen. Aber das konnte er nicht. Er wusste nicht, wie man den Kontakt zu einem Mädchen herstellte. Sollte er sie einfach fragen, ob sie seine Freundin sein möchte? Andere Jungen seiner Klasse waren da selbstbewusster und hatten schon viel Erfahrung.

Sein Freund Dieter hatte große Erfolge bei Mädchen. Er soll sogar schon geküsst haben. Ob Gudrun Olaf das erlauben würde? Als ob sie Olafs Gedanken lesen konnte, sprang sie von der Wippe. „So", sagte sie, „ich muss jetzt nach Hause." Ohne zu zögern ging sie zu Olaf und gab ihm einen flüchtigen Kuss auf die Wange. „Vielleicht treffen wir uns ja mal wieder zum Wippen."

Olaf war zu keiner Antwort fähig. Der erste zarte Kuss eines Mädchens brannte wie Feuer auf seiner Wange. Er wartete ungeduldig auf den nächsten Tag. Gudrun ging in seine Klasse. Wie sollte er sich zu ihr verhalten? Wie macht man das, wenn man eine zur Freundin haben will. Fragt man sie danach oder reicht ein Kuss auf die Wange schon aus, damit sie seine Freundin ist?

Olaf wartete ungeduldig vor der Schule. Hier konnte er Gudrun schon von weitem sehen. Ihr roter Mantel leuchtete strahlend in der hellen Sonne. Doch was war das? Wer ging neben seiner Freundin? Doch wohl nicht Dieter, der schulbekannte Casanova? Er konnte sehen, wie angeregt sich die Beiden unterhielten. Gudruns Lachen brannte wie Feuer in Olafs Ohren.

Welch eine Blamage! Olaf verdrückte sich schnell in eine Ecke des Klassenzimmers. Gudrun war das hübscheste Mädchen seiner Klasse. Das war nicht nur ihm bewusst. Auch Gudrun selber war von sich überzeugt. Mit einem strahlenden „Guten Morgen Leute" betrat sie das Klassenzimmer. Und nach einem flüchtigen Blick zu Olaf: „Hi Olaf, heute wieder wippen?"

Später, als Olaf einige Erfahrungen mit Mädchen besaß, war er sich im Klaren, wie blöde er auf Gudruns Frage reagiert hatte. Er verstand nicht, dass sie ihm eine Brücke in ihr Herz anbot. Er hätte nur sagen müssen: „Geht klar, heute um vier?" Statt dessen genierte er sich, vor der gesamten Klasse bloßgestellt zu werden. Denn es trat eine bedrückende Stille ein. Alle Augen waren auf ihn gerichtet. Und er hörte sich doch tatsächlich sagen: „Bin doch kein Baby. Kannst ja mit Dieter wippen. Habe doch gesehen, wie du ihn anhimmelst."

Gudrun wuchs eine Zornesfalte auf der Stirn. Sie drehte sich wortlos von ihm ab und setzt sich auf ihren Stuhl. Fürs Erste hatte es sich ausgewippt. Olaf war maßlos enttäuscht. Aber anstatt sich selber die Schuld für sein blödes Gequatsche zu geben, richtete er seine Wut gegen Dieter.

Doch Dieter war sein bester Freund. Am Nachmittag waren sie zur Probe ihrer Band verabredet. Sie konnten sich nicht aus dem Wege gehen. Ihre Blutsbrüderschaft stand vor einer kolossalen Belastungsprobe.

Die Band war zum Mittelpunkt ihres Lebens geworden. Nichts war für sie wichtiger. Heute ging es um das zukünftige Bandprofil. Also um die Musikauswahl. Sie waren ja noch sehr jung und spielten mehr schlecht als recht bekannte Songs nach. Später bekamen diese Bands den Stempel „Coverband" aufgedrückt. Doch diese Bezeichnung war noch nicht üblich. In der DDR gab es in dieser Zeit nur Coverbands. Und zwar sehr viele und sehr schlechte. Das lag auch daran, dass es weder Noten noch Songtexte zu kaufen gab. Auch Instrumente und technische Geräte wie Verstärker, Echo- du Halleffekte, Lautsprecher u. a. m. waren nicht ausreichend im Angebot der volkseigenen Handelseinrichtungen zu bekommen. Olaf und Dieter waren zu einer kritischen Beurteilung ihrer musikalischen Qualitäten nicht in der Lage.

Dieter kam zu spät. Wie immer. Er fläzte sich auf einen Stuhl und begann zu reden: „Also Jungs, ich habe viel über unsere Band nachgedacht. Wir sind ja nicht schlecht, aber auch nicht wirklich gut. Da gibt es viel Bessere. Das liegt daran, dass wir keine Aufgabenverteilung haben. Ich möchte deshalb der musikalische Leiter sein. Olaf soll sich um die Organisationssachen kümmern. Meinetwegen können wir ihn als technischen Leiter bezeichnen."

„Und wir?", platzten der Trommler und er Bassist dazwischen. Dieter wischte ihre Frage mit der linken Hand weg: „Ihr müsst erst einmal vernünftig spielen lernen. Dann kann einer von euch den ökonomischen Leiter machen. Bis dahin mache ich das mit."

Olaf schwoll der Kamm. Was bildete der sich ein. Stellte ihn vor vollendete Tatsachen. Schließlich war die Band ihr gemeinsames Projekt. Da kann der doch nicht einfach alles bestimmen, ohne Olaf zu fragen. Der stank ihm sowieso. Der Konflikt mit Küsschen war auch noch nicht ausgestanden. Olaf stand wortlos auf, packte seine Gitarre ein und sagte im Hinausgehen: „Na dann mach mal ohne mich, Herr künstlicher Leiter."

Dieter war überrascht. Damit hatte er nicht gerechnet. Er fühlte sich im Recht. Er war der beste Musiker. Die Band brauchte einen Leiter. Wer wenn nicht er sollte das machen?

Nun sind derartige Konflikte für Jugend-freundschaften nichts Ungewöhnliches. Sie sind nicht für die Ewigkeit geschaffen, auch wenn das die Beteiligten gerne so hätten. Die Heranwachsenden entwickeln sich unter-schiedlich. Interessenkonflikte pflastern ihren Lebensweg. Da ist es nur normal, dass handfeste Streitereien entstehen, die bis zum Bruch der Jungenfreundschaft führen können. Manchmal ist das auch gut so. Im Fall von Dieter und Olaf wäre das allerdings schade gewesen.

Dieter blickte Olaf nach. Er wusste nicht, sollte er traurig sein oder wütend. So einfach wollte er ihre Blutsbrüderschaft nicht aufgeben. Mit schnellen Schritten lief er Olaf nach und konnte ihn bald einholen. Etwas außer Atem geraten packte er Olaf von hinten an der Schulter: „Nun wart doch mal. Lass uns reden. Was ist mit dir. Dir geht es doch nicht nur um unsere Band?"

Olaf blieb abrupt stehen: „Nun tu doch nicht so scheinheilig. Wenn du es genau wissen willst. Ja, es geht auch um Küsschen. Ich finde es gemein von dir, dass du mir meine Freundin ausgespannt hast. Das hätte ich von meinem besten Freund nicht erwartet."

„Ach so, das also ist es", Dieter pfiff leise durch die Zähne „aber ich will doch gar nichts von Küsschen. Die ist doch die Freundin von Ingo Beier. Du weißt schon, der Vater hat die Polsterei. Die stinken vor Geld. Ingo hat von seinen Großeltern zum Geburtstag eine nagelneue Java bekommen. Gegen den haben wir keine Chance."

Olaf kämpfte gegen die aufsteigenden Tränen. Dieter bemühte sich darum, ihn zu trösten: „Du darfst das mit den Weibern nicht so ernst nehmen. Ein bisschen Spaß muss sein, aber nicht gleich die ganz große Liebe daraus machen."

Und als Olaf immer noch schwieg, setzet er noch einen drauf: „Ein geiler Tipp ist Regina Krause. Ich habe mit der schon viel Spaß gehabt. Du, die lässt mich auch mal anfassen. Die möchte gerne in unserer Band mitmachen. Als Sängerin ist sie gar nicht so übel. Vor allem aber ist sie ein heißer Feger. Die holt `ne Menge geiler Jungs in unsere Auftritte. Du kannst auch an ihr rumfummeln. Vielleicht darfst du sie auch vögeln. Bei mir war sie bisher noch zu zickig. Aber da gibt es zum Glück genug andere."

Olaf hatte aufmerksam zugehört. Er nuschelte etwas wie „Könen wir ja mal testen" in seinen noch zarten Bart. „Wie testen", Dieter war erstaunt von dieser jähen Kehrtwende seines Blutsbruders, „testen als Sängerin oder als Frau?"

Olaf blieb ihm eine Antwort schuldig. Er brachte das Gespräch lieber auf die Profilierung der Band. Die Eignungsprüfung für die neue Sängerin sollte während des nächsten Jugendtanzes stattfinden. Olaf schlief schlecht. In seinem Kopf rauschten wilde Fantasien. Würde er sich trauen, Regina

Krause zu befummeln? Was, wenn sie vögeln wollte? Er hatte bisher keinerlei Erfahrungen in diesen Dingen. Da konnte er sich so richtig blamieren.

Regina Krause hatte sich sexy angezogen. Sie trug einen sehr engen und sehr kurzen Lederrock. Die weiße Blus war oben offen und erlaubte stimulierende Blicke auf ihre festen Brüste. Selbstbewusst stand sie auf der kleinen Bühne. Sie sangen einen Titel von Ester und Abi Ofarim. Nicht mal schlecht, das Publikum applaudierte freundlich. Sie gefiel den Leuten auch mit anderen Songs.

Dann war der Jugendtanz zu Ende. Regina hatte eine Flasche selbstgemachten Obstwein mitgebracht. Sie wollte mit den Jungs der Band auf den Erfolg anstoßen. Der Wein stieg den Burschen allerdings in den Kopf. Olaf meinte, jetzt sei seine Gelegenheit gekommen. Als Regina Krause austreten ging, folgte er ihr heimlich und begann nach ihren Brüsten zu grapschen. Doch er bekam eine schallende Ohrfeige, noch ehe seinen Fingern der Zugriff gelang.

Das wars also mit dem Fummeln. Wegen der Vögelei brauchte er wohl nicht mehr zu fragen. Er sprach sich dann in der Bandberatung gegen eine Mitwirkung von Regina Krause aus. Dieter konnte sich schon denken, weshalb. Ihm war das wurscht. Olaf hatte seine erste Lektion als erfolgloser Liebhaber bekommen. Weitere Gelegenheiten würden folgen. Noch war kein Meister vom Himmel gefallen. Üben, üben, üben hieß das Motto.

Jugendweihe

Olafs Klasse diskutierte lebhaft über die Vorbereitung und Bedeutung eines wichtigen Ereignisses. Dieses Thema interessierte auch die Klassenrüpel, die sonst für nichts Interesse hatten, was mit Schule zu tun hatte. Die hitzige Debatte fand zu Beginn des achten Schuljahres statt. Den Anstoß hatte ihre Klassenleiterin gegeben. Sie hatte in der ersten Stunde des neuen Schuljahres gesagt: „So liebe Jungen und Mädchen. Die Schüler der 8. Klassen erhalten bei uns traditionell die Jugendweihe. Das heißt im

Mai nächsten Jahres ist eure Große Stunde. Ich meine die Festveranstaltung für eure Jugendweihe. Aber das ist nicht alles. Ihr werdet in den Monaten bis zu Feierstunde viele interessante Erlebnisse haben. Sie sollen euch mit wichtigen Fragen des Erwachsenenwerdens vertraut machen."

Durch die Klasse ging ein Raunen. Jeder musste sich unbedingt mit seinem Banknachbarn oder seiner Banknachbarin über dieses Thema austauschen. Die Mädchen interessierte vor allem, was sie anziehen möchten. Hoch im Kurs standen Hackenschuhe und lange Kleider. Den Jungen war dieses Thema gleichgültig. Am liebsten wären sie mit kurzen Hosen angekommen. Aber sie wussten, das ging nicht. Also war die Frage nur Anzug oder Kombination aus Sakko und Hose. Kombination war praktischer, da konnte man die Hose noch auftragen, bevor man rausgewachsen war.

Die Jungen betrachteten die Jugendweihe vor allem als Gelegenheit, mal richtig einen drauf zu machen. Viele Generationen vor ihnen hatten das zelebriert und ein schlechtes Beispiel gegeben. Nicht selten kam es vor, dass zu viel Alkohol durch die ungeübten Kehlen floss und einige mit Alkoholvergiftung ins Krankenhaus gebracht werden mussten.

Ihre Lehrerin hatte Verständnis für die Aufgeregtheit der Schüler und ließ sie eine Weile palavern. Dann übernahm sie wieder die Regie: „Ich merke schon, das Thema Jugendweihe interessiert euch. Wie gesagt, bis zur Feierstunde haben wir gute acht Monate Zeit. Wir werden insgesamt sechs Veranstaltungen haben. Ich möchte sie euch heute vorstellen. Bis zur nächsten Woche müsst ihr mit eure Eltern besprechen, ob ihr an der Jugendweihe teilnehmen möchtet. Ich denke, dass sich alle anmelden werden."

Das war eine überflüssige Frage. Es war üblich, dass alle Schüler an der Jugendweihe teilnahmen. Nur ganz wenige zogen die kirchlichen Weihen vor. Das war für die davon betroffenen Jungen und Mädchen nicht unproblematisch. Denn die staatlichen Einrichtungen sahen es überhaupt nicht gerne, dass Familien die Kirche vorzogen. Das konnte weitreichende Konsequenzen haben, von der Beurteilung im Zeugnis bis zur Delegierung an weiterführende Schulen.

Gleich in der folgenden Woche fand die erste Jugendstunde im städtischen Klinikum statt. Ein Frauenarzt begrüßte die Klasse sehr freundlich. Neben ihm standen zwei Krankenschwester. Jede hielt ein Baby im Arm. Der Arzt fragte, ob jemand Unterschiede bei den Frischgeborenen bemerken kann. Die Mädchen kicherten albern, die Jungen langweilten sich.

Gudrun ging zu den Babys und betrachtete sie aufmerksam. Sie konnte keine Unterschiede feststellen. Da sagte der Arzt: „Die Unterschiede sind da, man kann sie nur nicht sehen. Die Eltern des linken Babys sind verheiratet, haben eine schöne Neubauwohnung. Der Vater ist Meister in einer Autowerkstatt, die Mutter Lehrerin. Die Mutter des rechten Baby ist vierzehn Jahre alt. Sie hat weder einen Beruf, noch eine Wohnung noch einen Mann. Sie steht allein da und muss auf die Hilfe ihrer Eltern hoffen. Die beiden Babys werden von ihren Müttern bestimmt sehr geliebt, doch die alleinstehende junge Mutti kann ihr Kind bei weitem nicht so gut versorgen wie die andere Familie."

Er forderte die Jungen und Mädchen auf, dazu ihre Fragen zu stellen oder ihre Meinung zu sagen.

Alle lächelten verschämt und schauten weg. In der Hoffnung, dass der Doktor sie nicht anspricht. Der Arzt war aber sehr erfahren im Umgang mit Teenagern. Er übernahm wieder das Reden: „Ich habe euch die Kinder gezeigt, um deutlich zu machen, dass es nicht gut ist, mit 14 schon Mutter oder Vater zu sein. Das ist auch nicht notwendig, weil es heute schon sehr wirksame Verhütungsmittel und Methoden gibt. Wer kann mir sagen, wie man beim Geschlechtsverkehr verhüten kann?"

Bei dem G - Wort kicherten wieder die Mädchen los. Dieter meldete sich zu Wort. Das war die Gelegenheit für ihn, sich mit seinen Erfahrungen zu brüsten. Er fragte, was es mit der Babypille auf sich hat. Er habe davon gehört, könne man die schon mit 14 Jahren bekommen?

Der Arzt antwortete: „Das ist richtig, es gibt seit einigen Jahren eine Verhütungsmöglichkeit in Form einer Pille. Dieses Medikament muss ein Arzt bei medizinischer Notwendigkeit verordnen. Für Frauen unter 18 Jahren darf die Pille nicht verschrieben werden. Im Übrigen sollten wir nicht nur über Verhütung reden, sondern vor allem über Verantwortung. Für sich selbst, den Partner und die Kinder. Ich meine, mit 14 Jahren muss man noch keinen Geschlechtsverkehr haben. Das ist die beste Verhütung."

Dann war der große Tag gekommen. Zur Feierstunde für die Jugendweihe versammelten sich die Jungen und Mädchen der achten Klassen an einem sonnigen Sonntag im Mai. Der große Stadtsaal war voller Menschen. Sie trugen festliche Kleidung.

Die jugendlichen Teilnehmer hatten sich schick gemacht. Die Mädchen mit sehr eleganten langen Kleidern, die Jungen mit Anzug oder Kombination. Weil sie es noch nicht selber konnten, hatten sich die Jungen vom Vater oder großen Bruder einen Schlipsknoten machen lassen. So richtig wohl fühlten sie sich nicht in den erwachsenen Klamotten. Sie überspielten aber ihre Unsicherheit mit Späßchen und lautem Lachen.

Nach der offiziellen Feierstunde mit festlichen Reden, gingen die Familien nach Hause, um im engen Kreis der Verwandten zu feiern. Olaf freute sich, dass an diesem bedeutenden Tag seine Großeltern und Tanten und Onkel gekommen waren. Der Opa fragte an der gedeckten Tafel, welche Bedeutung für seinen Enkelsohn diese Jugendweihe hatte. Bevor Olaf antworten konnte, übernahm seine Mutter die Regie. Sie sagte: „Das ist ja wohl klar, er gehört jetzt zu den Erwachsenen. Jetzt aber genug Politik, jetzt wird erstmal gefuttert.

Olaf war nun doch verärgert. Wie konnte ihm seine Mutter ins Wort fallen. Er hatte sich schon Gedanken über die Bedeutung dieses Tages gemacht. Aber das schien seine Gäste nicht zu interessieren. Sie langten beim Essen kräftig zu und tranken reichlich Bier, Wein und Schnaps.

Olaf verließ bald diese heitere Runde. In seinem Zimmer zählte er das ihm geschenkte Geld. Die Nachbarn und Bekannten hatten jeweils fünf Mark in die Glückwunschkarte gesteckt. Onkel, Tanten und Großeltern spendierten etwas mehr, so dass am Ende 200 Mark zusammenkamen. Das war für Olaf richtig viel Geld.

Er entledigte sich seiner Krawatte und ging zum Spielplatz, um sich mit seinen Freunden zu treffen. Viele waren schon da. Eine Flache Weinbrandverschnitt machte die Runde. Das war nichts für Olaf. Er ging wieder nach Hause, aber auch dort fühlte er sich nicht wohl. Sein Gäste hatten mal wieder zu viel Alkohol getrunken. Wie immer brach dadurch ein heftiger Streit aus, der fast in ein Handgemenge übergegangen wär.

Für Olaf, der Hauptperson der Feier, interessierte sich niemand. Olaf war sehr enttäuscht. Er fragte sich, weshalb diese Feierstunde überhaupt gemacht wurde, wenn doch nur wieder gegessen, getrunken und gestritten wurde.

Er ging zu seinem Blutsbruder Dieter. Der saß auf einer Bank vor dem Haus und trank aus einer Flasche Bier. Olaf setzte sich zu ihm und fragte: „Wie machen das eigentlich die Indianer, wenn sie eine Jugendweihe hätten."

Dieter nahm mit der rechten Hand ein Buch, das aufgeschlagen neben der Bank lag: „Hier ist die Antwort, habe ich gerade gelesen. Der Übergang von der Kindheit zum Erwachsenen wird bei vielen Naturvölkern von dramatischen Ritualen begleitet. Das ist denen enorm wichtig. Die Jugendlichen müssen oft Prüfungen ablegen über ihre Ausdauer, ihr kriegerisches Können und ihre Schmerzunempfindlichkeit. Danach werden sie feierlich in den Kreis der Erwachsenen aufgenommen. Dieses Ritual dauert meist einige Tage."

„Wau", Olaf war beeindruckt, „warum machen wir das nicht auch so. Ich meine wir beide."

Dieter lacht laut auf: „Ne, ich möchte doch nicht meine Schmerzunempfindlichkeit prüfen lassen. Da ist mir unser Fest doch lieber."

Olaf lacht ebenfalls. „Stimmt", sagt er.

Geheimdienst

Olaf rutschte auf seinem Stuhl hin und her. Er war nervös. Denn er war nicht zum ersten Mal über den Schulfunkt zum Direktor gerufen worden. In Gedanken ging er noch einmal seine Streiche und Verfehlungen der letzten Wochen durch. Ob der Direx von dem einen oder anderen Vorfall erfahren hatte? Olaf war kein Unschuldsengel. Während er noch grübelte, öffnete sich die Tür und ein Mann im Anzug kam herein.

Die Männer begrüßten sich wie alte Bekannte. Der Direx wandte sich nun endlich auch Olaf zu und sagte: „Das ist Genosse Greif vom

Ministerium für Staatssicherheit. Er hat ein paar Fragen an dich." Oh, oh, Olaf erschrak. Das hörte sich gar nicht gut an. Ministerium für Stadtsicherheit.

Olaf hörte zum ersten Mal davon. Doch er war eingeschüchtert und traute sich nicht, danach zu fragen. Der Anzugmann räusperte sich laut, um gleich danach zu husten. Olaf kannte das. Ein typischer Raucherhusten. Der Mann hatte auch ganz gelbe Finger, so wie viele Raucher. Wie zur Bestätigung von Olafs Vermutungen löste sich durch das Husten bei dem Raucher Schleim, den er zum Glück nicht ausspie, sondern runterschluckte.

Der Anzugmann hatte nunmehr genug für seinen Raucherhusten getan. Er blickte Olaf streng an und sagte: „Du bist doch ein Thälmannpionier. Was weißt du über unseren Klassenfeind?"

Olaf wurde von dieser Frage überrascht. Welche Feinde in welcher Klasse meinte der Mann? Ging es etwa um die Klopperei mit den Jungs von der Parallelklasse? Olaf hatte ordentlich was abgekriegt, aber auch nicht wenig ausgeteilt. War daran etwa der Sohn dieses Typen beteiligt? Olaf druckste: „Wir waren ja nicht schuld. Die von der 8 b haben angefangen. Wir haben uns nur verteidigt."

Diese Antwort war wohl nicht so gut. Der Direx lief rot an und brüllte los: „Was bildest du dir ein, willst du uns verklappsen? Reiß dich bloß zusammen. Sonst werde ich Schlitten mit dir fahren."

Der Anzugmann zeigte keine Reaktion. Statt einer Antwort holte er einen Stapel Zettel aus seiner braunen Aktentasche und legte sie auf den Tisch: „Was ist das? Schon mal gesehen?" Olaf nahm einen Zettel. Er las laut die Überschrift „An die Bürger der Ostzone". Bevor er weiter lesen konnte entriss ihm der Direx den Zettel. Er schnauzte Olaf wieder an: „Na, dämmert es dir jetzt? Kennst du diese Schmierereien?"

Olaf war ja nicht blöd, konnte sich aber blöd stellen. Also daher wehte der Wind. Die wollten mit ihm über die Flugblätter reden, die immer wieder mal auf den Feldern zu finden waren. Anstatt nun die Klappe zu halten und brav zu lügen, dass er diese Schmierereien nicht kannte, ritt ihn der Teufel und er sagte: „Ich war das nicht.

Ich habe diese Schmierereien nicht gemacht. Vielleicht die von der 8 b?"

Damit hatte Olaf den Bogen überspannt. Der Anzugmann ließ die Maske fallen und sprach Klartext: „ Von dir als Pionier und Sohn eines Polizisten hätte ich mehr Klassenbewusstsein erwartet. Diese Hetzblätter werden unter Verletzung der Lufthoheit der sozialistischen Staaten mit Ballons über unser Land abgeworfen. Die Finder werden aufgefordert, sich bei einer Adresse in Westdeutschland zu melden und mitzuteilen, wo sie das Flugblatt gefunden haben. Zur Belohnung wird ihnen ein Westpacket mit Schokolade versprochen."

Der Direx sprang ihm unterwürfig zur Seite: „Es versteht sich, dass diese Antwortbriefe verboten sind. Sie stellen eine direkte Straftat dar."

Der Anzugmann winkte nur ab: „Nun lass mal gut sein, Egon, unser Olaf ist ja kein Staatsfeind. Was wir von dir wollen, lieber Freund, ist deine Unterstützung beim Schutz der Arbeiter-und-Bauern- Macht." Olaf hatte verstanden. Besser, er riss sich am Riemen. Er nickte stumm. Der Anzugmann öffnete erneut seine braune

Aktentasche und entnahm ihr weitere Zettel. Er legte sie vor Olaf und zeigte darauf mit seinem vergilbten Zeigefinger der rechten Hand. „Das sind Listen. Darin trägst du jeden ein, der diese Flugblätter sammelt und Briefe in den Westen schickt." Er nahm einen zweiten Zettel und wies wieder mit dem Gelbfinger aufs Papier: „Und in dieser Liste notierst du alle, die Westfernsehen gucken oder Westradio hören. Das ist ganz wichtig für den Frieden. Denn die Leute, die Westsender konsumieren, unterstützen den Klassenfeind und müssen deshalb dingfest gemacht werden."

Olaf sah auf den Fußboden. Er verfolgte mit seinen Augen eine Fliege, die emsig etwas Fressbares suchte. „Hast du das verstanden?", hörte er den Direx fragen. Er nickte stumm. „Dann darfst du jetzt gehen. Und vergiss nicht, mit keinem ein Wort darüber. Du bist jetzt ein Beschützer des Friedens."

Beim Abendbrot plapperte Olafs jüngere Schwester wie üblich. Als ob das Olaf interessieren würde, was kleine Mädchen so erlebten. Da konnte er ganz andere Sachen erzählen. Aber er durfte ja nicht. Oder galt das Schweigeverbot nicht für die eigenen Eltern?

Olafs Mutti konnte Gedanken lesen. Das kann jede Mutter. Ihr prüfender Blick verharrte in Olafs Augen: „Na, meine Großer, wo drückt der Schuh? Hast du was angestellt. Rede doch. Wir wollen doch nur dein Bestes."

Olaf wich der Frage aus. Stattdessen stellte er selber eine Frage: „Heute habe ich einen Genossen von der Stadtsicherheit gesehen. Er war in unserer Schule. Wisst ihr, was das ist, die Stadtsicherheit?"

Olafs Vater drehte schnell seinen Kopf zu Olaf. Erschrocken fragte er: „Das war ein Genosse der Staatssicherheit. Du hast dich nur verhört. Eine Stadtsicherheit existiert nicht."

„Ach so", sagte Olaf gedehnt, „ und was ist nun die Staatssicherheit?"

Der Vater überlegte, ehe er antwortete: „Die Staatssicherheit ist ein Organ der Regierung der DDR zum Schutz der DDR vor Feinden. Kurz genannt die Stasi. Es ist sozusagen eine Geheimpolizei. Wollte der Genosse denn was von dir? Denn mit der Stasi ist nicht zu spaßen. Besser, wenn man mit denen nichts zu tun hat."

Olaf spürte einen Kloß im Hals. Er blickte nervös auf seinen Teller und schwieg. „Du verschweigst uns doch was, Junge,", sagte der Vater streng. „Los, sag schon, was war los!"

Olaf wusste nicht, wie er sich entscheiden sollte. Er wollte sich gerne von seinen Eltern helfen lassen. Aber die Genossen der Stasi hatten ihm verboten, mit anderen Menschen über seinen Auftrag zu sprechen. Ob das auch für die eigenen Eltern galt?

Also gut, Olaf hatte sich entschieden. Er berichtete seinen Eltern, welchen Auftrag er von der Stasi erhalten hatte.

Sein Vater hatte aufmerksam zugehört. Anders als die Mutti, die wiederholt tiefe Luft holte und „ach du lieber Gott" und andere Äußerungen von sich gegeben hatte, war der Vater still geblieben. Als Olaf seinen Bericht beendet hatte, sagte der Vater ruhig: „ Das ist nicht weiter schlimm. Du bist damit ein inoffizieller Mitarbeiter der Stasi. Mach einfach, was die Genossen von dir erwarten. Dann hast du deine Ruhe. Außerdem erfüllst du damit einen wichtigen Auftrag für unser Land. Das kann dir in der Zukunft nur von Nutzen sein."

„Aber", Olaf war noch nicht zufrieden, „was passiert denn mit den Menschen, die ich in meine Listen eintrage. Kommen die dann ins Gefängnis?

Der Vater antwortete: „Kommt ganz darauf an, wie schwerwiegend ihre Taten sind. Das kann schon passieren, wenn sie gegen die DDR tätig sind, dass sie dafür ins Gefängnis müssen."

„So, das ist genug für heute", die Mutter sprach ein Machtwort. „Jetzt ab mit dir ins Bett. Morgen ist auch noch ein Tag."

Na prima, Olaf hasste diese Formulierung. Nichts war hohler als dieses „Morgen ist auch noch ein Tag". Das bedeutete für ihn, den Problemen auszuweichen und deren Lösung auf die lange Bank zu schieben. Er nahm sich vor, diese Phrase nicht mehr zu verwenden. Allerdings machte es keinen Sinn, seine Mutti davon zu überzeugen. Die hatte ein ganzes Arsenal von sinnlosen Sinnsprüchen. Das war nun mal ein Spleen von ihr. Es gab Schlimmeres.

Beim Frühstück herrschte Schweigen. Der Vater hatte nur kurz gefragt, ob alles in Ordnung war.

Olaf hatte genickt. Männer reden nun mal nicht so viel.

Auf den Schulweg traf Olaf seinen besten Freund Dieter. Das war kein Zufall, sondern eine stillschweigende Absprache. Dieter hielt einen Zettel in der Hand und rief: „Hey, altes Haus. Sie mal diesen Zettel hat uns der Wind geschickt. Da steht drauf, dass du ein Westpaket bekommst, wenn du an diese Adresse schreibts." Olaf erschrak. Nicht sein bester Freund. Olaf tat so, als hätte er das Gesagte nicht gehört. Aber Dieter legte noch eine Info nach: „ Gestern Abend lief Bonanza. Klasse Serie. Hast du sie gesehen?"

Olaf blieb eine Antwort schuldig. Sie hatten inzwischen die Schule erreicht. Der Unterricht begann. Der Staatsbürgerkundelehrer ging auf die Westflugblätter ein. Er bezeichnete sie als Hetzkampagne, mit dem Ziel, die DDR zu schwächen.

Dieter flüsterte leise: „Der Dicke hat ein Rad ab. Die Flugblätter sind völlig harmlos. Ich jedenfalls schreibe denen einen Brief. Das lasse ich mir nicht verbieten."

Olaf hätte ihm am liebsten gesagt, dass er Meldung bei der Stasi machen musste, weil Dieter republikfeindliche Sendungen sah und Westflugblätter verwendete. Aber genau das durfte er doch nicht. Olaf erlebte einen schweren Gewissenskonflikt. Sollte er seinen besten Freund schützen oder musste er den Weisungen der Stasi gehorchen. Er entschloss sich, vorerst gar nichts zu unternehmen. Vielleicht war das ja der Ausweg. Er atmete erleichtert auf.

Ein paar Tage später sah er den Stasigenossen wieder auf dem Schulgelände. Wie beim erstem Mal wurde Olaf in das Zimmer des Direktors bestellt. Der Stasigenosse erwartete ihn schon und fragte leutselig: „Na mein Freund, warst du auch schön fleißig? Kann ich mal deine Zettel sehen?" Olaf bekam einen Schreck. Er antwortete stotternd: „Die habe ich doch nicht hier in der Schule. Die sind zu Hause in meinem Zimmer."

„Dann lauf doch bitte und hole sie mir."
Olaf: „Aber warum soll ich sie denn holen, da steht ja nichts drauf."

Der Stasigenosse: „Versteh ich das richtig. Du hast die Zettel schon seit 10 Tagen und konntest noch keinen Republikfeind dingfest machen?"

Olaf: „Nö, die sind alle für den Frieden und den Sozialismus."

Der Stasigenosse: „Das kann nicht ganz stimmen. Ich habe hier eine Information, dass dein Freund Dieter Westfernsehen guckt und Flugblätter beantwortet. Das hat er dir erzählt. Woher ich das weiß? Na, du bist nicht unser einziger geheimer Mitarbeiter. Ich will noch mal ein Auge zudrücken. Das darf aber nicht wieder passieren. Du schreibst jetzt sofort einen Bericht über das Gespräch mit deinem Freund Dieter."

Die Falle hatte zugeschnappt. Aus dieser Situation gab es keinen Ausweg. Er musste seinen besten Freund verpetzen, wenn er nicht selber schweren Ärger bekommen wollte.

Nachdem Olaf seine Gesprächsnotiz fertiggestellt hatte, las der Stasigenosse sie durch. „Na also, das ist doch recht ordentlich", sagte er grinsend. „Weiter so!"

Dieter hatte ihn schon erwartet: „Erzähl schon, was wollte der Direx." Olaf griff zu einer Lüge: „Es

ging um meine Mitwirkung in der Arbeitsgemeinschaft junger Sozialisten. Der Stabülehrer
leitet sie. Ich soll als Vertreter der Schüler
eingesetzt werden."

Dieter pfiff leise durch die Zähne: „Glückwunsch.
Das ist ja eine richtige Scheißaufgabe. Ich
wünsche dir viel Spaß dabei. Für mich ist das
nichts."

Olaf antwortete darauf schon nicht mehr. Warum
nur musste ihm die Schule diese Last aufbürden?
Alles nur, weil sein Vater in der SED war und
Polizist noch dazu. Da erwarteten die Lehrer von
ihm, dass er ein vorbildlicher Pionier war.

Montags begann die Schulwoche immer mit
einem Fahnenappell. Alle Klassen versammelten
sich in geordneter Aufstellung auf dem Schulhof.
Die Pioniere hatten das Halstuch umgebunden.
Die älteren Klassen mussten das FDJ – Hemd
anziehen. Während die jüngeren Klassen kein
großes Theater wegen der roten oder blauen
Halstücher machten, mussten viele der älteren
Schüler zum Tragen der FDJ – Bluse gezwungen
werden.

Der Fahnenappell begann mit der Meldung der Gruppenratsvorsitzenden an die Pionierleiterin. Da Olaf diese Funktion hatte, stellte er sich vor seine Klasse und kommandierte: „Zur Meldung stillgestanden." Dann ging er festen Schrittes zur Pionierleiterin und sagte, indem er die rechte Hand aufrecht auf seinen Kopf stellte: „Klasse 8 a zum Appell bereit."

Nachdem alle Klassenvertreter Meldung gemacht hatten, ging die Pionierleiterin zum Direktor und meldete in strammer Haltung: „Die Pioniere und FDJler der 21. Polytechnischen Oberschule sind zum Fahnenappell bereit."

Der Direktor nahm die Meldung in strammer Haltung entgegen, wobei er die rechte Hand an die Stirn drückte, wie es bei den Soldaten gefordert wurde. Mit der rechten Hand an seine Schirmmütze drehte sich der Direktor zu den Schülern und schrie: „Für Frieden und Sozialismus seid bereit!" Und die versammelte Schülerschar musste darauf laut antworten: „Immer bereit!"

Leider war dem Direktor die vielstimmige Antwort zu leise und lustlos. Weshalb er schreiend wiederholte: „Jetzt aber will ich jeden hören, und zwar laut und kräftig: Für Frieden und Sozialismus – Seid bereit!"

Und das Schülervölkchen machte sich eine Spaß daraus, laut schreiend „Immer bereit" zu antworten. Wobei besonders freche Schüler schrien: „Pimmel bereit."

Nun kam der Höhepunkt. Der Direktor befahl: „Heisst Flage!" Worauf zwei Pioniere die Fahne der DDR am Fahnenmast hochzogen. Begleitet von einem Trommler des Spielmannszuges.

Nach dieser affigen Prozedur hielt der Direktor seine Wochenrede. Dabei wurden gute Leistungen gelobt. Schlechtes Verhalten aber wurde bestraft. Keiner war unter den Schülern, der hier gerne aufgerufen wurde, um vor die versammelte Schülergemeinschaft zu treten und seine Bestrafung zu bekommen.

Olaf zuckte zusammen, als sein Freund aufgerufen wurde. Dieter ging mit hängenden Schultern zum Direktor und blieb vor ihm stehen. Der Direktor schnauzte ihn an: „Nun dreh dich gefälligst zu deinen Schulkammeraden um. Sie sollen sehen, wie ein Feind der Friedens und des Sozialismus aussieht."

Olaf zuckte wieder zusammen. Das sah verdammt schlecht für Dieter aus. Der Direktor zeigte mit der ausgestreckten Hand auf Dieter und brüllte: „Dieser Pionier hat sich erlaubt, Propagandamaterial der aggressiven Bonner Ultras zu sammeln und dem Feind wichtige Informationen zu schicken. Das aber ist noch nicht alles. Dieser Pionier sieht regelmäßig das Westfernsehen, wodurch er moralisch verdorben wird. Dieter hat nichts mehr in unserer Pionierorganisation zu suchen. Er wird rausgeworfen. Wenn wir ihn das nächste Mal beim Westfernsehen oder Flugblattsammeln erwischen, wird er von unserer sozialistischen Schule entfernt und in ein Heim für schwererziehbare Kinder eingewiesen."

Olaf wurde schwarz vor Augen. Dieter war sein Blutsbruder. Sie hatten sich ewige Freundschaft geschworen und diesen Bund mit ihrem eigenen Blut unterschrieben. Und jetzt trug er mit die Schuld, dass Dieter so schlimm bestraft wurde. Er hatte sich nicht für seinen Blutsbruder eingesetzt, sondern ihn feige verraten. Olaf begann zu taumeln. Er fiel um und verlor das Bewusstsein.

Das erste, was er sah, als er aus seiner Ohnmacht erwachte, waren die dunkelbraunen Augen

Dieters. Der zog die Stirn in Falten und sagte unbeholfen: „Was machst du denn für Sachen. Fällst einfach um. Das passt überhaupt nicht zu einem MIG – Piloten."

Olaf konnte nicht antworten. Seine Kehle war wie zugeschnürt. Die Krankenschwester sprang ihm zur Hilfe: „Nun wollen wir den jungen Mann mal in Ruhe lassen. Er wird ja bald wieder entlassen, dann könnt ihr Jungs euch über alles unterhalten."

Olaf sah sie dankbar an. Er drehte sich auf die Seite und schloss die Augen.

Blutsbrüder

Olaf und Dieter waren begeisterte Leser von Indianerromanen. Die Romane von Lieselotte Welskopf – Henrich waren für sie nicht nur spannende Abenteuerliteratur, sondern die Lebensweise der Indianer wurde für sie zum Vorbild. Sie wollten ihren Helden nicht nachstehen. Sie bemühten sich, so zu denken und zu handeln wie die Söhne der Großen Bärin. Sie litten mit Tokei-Itho, wenn er um sein Leben kämpfen musste und freuten sich, wenn die vertriebenen und verfolgten Indianer sich gegen die weißen Eindringlinge erfolgreich wehrten.

Sie hatten sich deshalb entschlossen, wie bei den Indianern üblich, Blutsbrüder zu werden. Blutsbruder zu sein, verband sich für die beiden Jungen mit einem hohen moralischen Anspruch. Der Bruderbund wurde mit eigenem Blut auf einem weißen Blatt Papier unterschrieben. Sie schworen sich, ein Leben lang füreinander einzustehen und das eigene Leben nicht zu schonen, wenn dem Blutsbruder Gefahr drohte.

Zu ihrem Ritual gehörte, dass sie ihre Blutsbrüderschaft geheim hielten. Das ging niemandem etwas an, auch die eigenen Eltern nicht. Nun war für Olaf die Stunde der Bewährung gekommen. Seinem Blutsbruder drohte Gefahr. Olaf musste ihm beistehen. Aber wie?

Zuerst musste er mit Dieter sprechen. Offen und ehrlich zugeben, dass er eine Rolle beim Verpetzen von Dieter gespielt hatte. Der würde das verstehen. Oder nicht. Egal, die Wahrheit musste ans Tagesleicht kommen.

Beim nächsten Fahnenappell wurde Olafs Name aufgerufen. Wie es üblich war, musste der Genannte vor die komplette Schülerschaft treten. Olaf war sehr nervös. Er hatte keine Ahnung, weshalb sein Name genannt worden war. Der Direktor ließ die Katze aus dem Sack. Er legte seinen Arm wohlwollend auf Olafs Schulter und belobigte ihn für sein vorbildliches Verhalten als Pionier. Vor allem galt das Lob des Direktors Olafs Einsatz für die Entlarvung der ideologischen Hetz - Attacken Westdeutschlands.

Olaf hätte vor Wut schreien können. Aber seine Kehle war wieder zugeschnürt. Er brachte keine Silbe über die Lippen. Da trafen sich seine Blicke mit seinem Blutsbruder. Er konnte förmlich hören, was Dieter dachte. „Was soll das Alter, warum weiß ich nichts von deinem Heldentum?"

Plötzlich bewegten sich Olafs Beine wie von selbst. Er lief in die Mitte des Platzes und schrie so laut er konnte: „Dieter ist mein bester Freund. Er ist mein Blutsbruder. Wenn er kein Pionier mehr sein darf, will ich auch keiner mehr sein."

Dann versagte seine Stimme. Er ging wortlos und mit hängender Schulter zu seiner Klasse und stellte sich an seinen Platz in der ersten Reihe. Wie es ihm zustand als Gruppenratsvorsitzender.

Ein großes Raunen war zu hören. Obwohl niemand so richtig verstand, was Olaf meinte, sahen ihn viele mit Respekt an. Noch viele Jahre später, wenn sich seine Klasse mal wieder traf, wurde an diesen Moment erinnert. Keiner hatte ihn vergessen.

Wie nicht anders zu erwarten war, blieb Olafs Auftritt nicht ohne Folgen. Aber zu seiner Überraschung vergingen einige Tage, bis er wieder zum Direktor gerufen wurde. Dort saßen seine Klassenlehrerin, sein Vater und ein älterer Mann. Der Genosse von der Stasi fehlte. Olaf vermutete, dass der ältere Mann an seiner Stelle gekommen war. Der Direktor fing sofort an zu reden, ohne den Fremden vorzustellen. Der Direktor begann relativ ruhig und freundlich, wechselte aber schnell zu einem bösen Ton. Er warf Olaf vor, sich nicht als klassenbewusster Pionier verhalten zu haben.

An dieser Stelle unterbrach der fremde Mann den Direktor. Er hielt Olaf seine rechte Hand hin und sagte: „Guten Tag Olaf, ich bin Heinrich Eckhard von der SED Bezirksleitung. Ich bin dort verantwortlich für die Schulen. Du hast wohl noch nicht von mir gehört. Ich hatte auch einen Blutsbruder. Ich habe ihn im Spanienkrieg verloren. Er wurde von einem deutschen Maschinengewehr ermordet. Ich bin froh, dass es Pioniere wie dich gibt. Menschen, die für einen Freund alles riskieren. Bitte bleibe so."

Er machten eine kleine Pause, um sich eine Zigarette anzustecken. „Allerdings", setzte er seine Ansprache fort, „ist es nicht nur wichtig, dass man zu seinem Blutsbruder steht. Man muss auch wissen, zu welcher Sache man steht. Mein Blutsbruder kämpfte für die Freiheit des spanischen Volkes. Wofür hat sich dein Blutsbruder eingesetzt?"

Dann wandte er sich an den Direktor: „Damit ist die Sache aus der Welt. Zum Fall Dieter möchte ich nur so viel sagen, dass ihr mal in Ruhe nachdenkt, ob der Junge nicht in der Pionierorganisation besser aufgehoben ist als in der Jungen Gemeinde.."

Damit war die Veranstaltung beendet. Olaf sah seinen Vater ängstlich an. Der nahm seinen

Jungen wortlos in den Arm. Olf sah eine Träne im Augenwinkel. Er hatte in seinem Leben selten so etwas Schönes gesehen wie diese Träne im Auge seines Vaters.

Olaf war erstaunt, dass seine Mutter so schnell erfahren konnte, wie die Aussprache geendet hatte. Denn als er mit seinem Vater zu Hause eintraf, war die Kaffeetafel bereits gedeckt. Es gab Olafs Lieblingskuchen, Schokoladentorte mit Kirschen. Sein Versuch, dem Kuss seiner Mutter auszuweichen misslang gründlich. Aber das war ja eher schön.

Es bedurfte keiner Verabredung, um sich nachmittags mit Dieter zu treffen. Es war auch nicht so einfach, sich spontan zu verabreden, weil weder Olaf noch Dieter ein Telefon besaßen. Als Olaf gegen drei Uhr sein Fahrrad an ihrem Lieblingsplatz unter der alten Eiche abstellte, wurde er schon von Dieter erwartet. Er setzte sich neben Dieter in das hohe Gras. Beide schwiegen. Dieter unterbrach zuerst die Stille. „Die wollen mich wieder in die Pioniere aufnehmen. Soll ich? Weißt du wieso sie ihre Meinung geändert haben?"

Olaf berichtet über den Verlauf der Aussprache mit dem Direktor und dem Mann von der SED. „Der hat mir nicht schlecht gefallen"; sagte Olaf. Dieter sah ihn fragend an: „Wieso, was hat dir an dem gefallen?"

Olaf: „Weil er auch einen Blutsbruder hatte. Mit dem war er sogar im Krieg gegen die Faschisten, in Spanien."

Dieter: „Uns was geht das uns an?"
Olaf: „Na, der Mann meinte, Blutsbrüder müssen für etwas Wichtiges kämpfen, so wie er in Spanien."

Dieter: „Hört sich nicht verkehrt an. Wofür sollen wir denn kämpfen. In Spanien ist ja Frieden."

Olaf zuckte mit der Schulter: „Das weiß ich gerade auch nicht." Schade dass der Mann nicht da war, Olaf hätte ihn jetzt gerne gefragt.

Dieter riss Olaf aus seiner Grübelei: „Ich fand es echt gut, wie du vor der ganzen Schule für mich eingetreten bist. Das war mein echter Blutsbruder."

Olaf wurde verlegen: „Ich hatte auch allen Grund dafür. Schließlich hatte ich dich ja auch verpetzt."

Und er schilderte Dieter, wie er zum Spitzel der Stasi geworden war.

Dieter sah ihn von der Seite an: „Und das war echt so. Das habe ich nicht gewusst."

Wieder herrschte Stille. Dieter unternahm zum wiederholten Mal den Versuch, einen Marienkäfer dazu zu bringen, an die Spitze eines Grashalmes zu klettern, um von dort loszufliegen. Schließlich stand er auf und reichte Olaf die rechte Hand: „Schwamm drüber, alles wieder gut." Olaf schlug ein und sagte erleichtert: „Schwamm drüber, alles wieder gut."

Olaf hätte vor Freude singen können. Er trat so kräftig in die Pedale seines Rades, dass er den steilen Anstieg am Reißaus im Sitzen bewältigte. Zum ersten Mal. Täve Schur hätte das nicht besser gekonnt.

Nach dem Unterricht führte Dieter und Olaf die Abenteuerlust oft in die Natur ihres Wohnortes. Heute hatten sie sich vorgenommen, Hasen oder Rebhühner zu jagen. Da ihnen Gewehre nicht zur Verfügung standen, hatten sie sich Ersatz gebaut. Jeder führte einen Bogen mit Pfeilen und eine Steinschleuder bei sich. Sie waren fest davon überzeugt, dass sie mit diesen Jagdwaffen erfolgreich sein würden.

Die Jagdbögen hatten sie aus alten Regenschirmen gebastelt. Das Gestänge war elastisch und eignete sich hervorragend als Katapult. Probeschüsse mit den selbstgebastelten Pfeilen flogen bis hin zu 50 Meter weit. Wenn damit kein Rebhuhn oder Kaninchen erlegt werden sollte, konnte das nicht an der Waffe liegen. Die Steinschleudern hatten sie aus Astgabeln gebastelt. Sie schleuderten damit aber keine Steine, sondern große alte Nägel. Das erschien ihnen erfolgversprechender als die allgemein benutzten Steine.

Sie hatten inzwischen ihr Ziel erreicht. Sie stellten die Räder an einen Baum und schlichen in geduckter Jagdhaltung über das große Feld. Vorsichtig, ganz vorsichtig traten sie auf, damit kein knackender Zweig sie verriet. Natürlich schlichen sie sich gegen den Wind an, damit das Wild sie nicht wittern konnte. Es sah heute gut aus. Das erste Rebhuhn zottelte auf der Suche nach Nahrung über den Acker. Es blieb stehen und pickte nach Regenwürmern. Die Jungens hatten alles richtig gemacht.

Das Huhn hatte sie nicht bemerkt, sondern ging unbekümmert seiner Futtersuche nach. Die Jungen hatten sich für solche Fälle eine Zeichensprache ausgedacht. Olaf hielt Ring- und Mittelfinger in die Höhe. Das bedeutete, er benutzte die Schleuder. Dieter hob den gebogenen rechten Arm. Das hieß, er nahm den Bogen. Fast zur selben Zeit feuerten sie ihre Waffen ab. Schade, kein Treffer. Aber ihre Geschosse hatten das Ziel nur knapp verfehlt. Das stärkte ihre Überzeugung von der Wirksamkeit ihrer Jagdwaffen. Beim nächsten Mal würden sie treffen, dessen waren sie sich sicher.

Plötzlich vernahmen sie das Trampeln von Pferdehufen. Sie drehten sich um und sahen eine Meute von fünf bis sechs Pferden über den Acker galoppieren. Allein, ohne Reiter. Hier stimmte was nicht. Sie sprangen schnell auf ihre Räder und fuhren zur LPG. Denn sie vermuteten richtig, dass sie dort die Eigentümer der Pferde antreffen würden.

Das LPG - Büro war nicht besetzt. Kein Wunder. Es war Erntezeit und da wurde jede Hand auf den Feldern gebraucht. Was tun? Die Pferde konnten sie doch nicht sich selbst überlassen. Kurz entschlossen nahm Dieter das Telefon und wählte die Nummer 112. In der Schule hatten sie gelernt, dass man mit dieser Nummer in dringenden Notfällen Hilfe rufen konnte. Erschrocken hielt Dieter den Telefonhörer mit der Hand zu. Eine laute Stimme hatte gesagt: „Hier ist die Feuerwehr. Bitte nennen sie mir ihren Namen und ihre Adresse."

Verdammt, wenn das man keinen Ärger gab. Ist es einem Kind erlaubt, die Feuerwehr anrufen, wegen ein paar entlaufener Pferde? Das durften bestimmt nur Erwachsene. Und dann bestimmt nur, wenn es wirklich brannte.

Wieder ertönte im Telefonhörer die laute Männerstimme: „Hallo, wer ist denn da? Was ist passiert?" Jetzt übernahm Olaf das Telefon. Er war schließlich der Sohn eines Polizisten. Sein Vater hatte immer wieder erzählt, wie wichtig die Hilfe der Bevölkerung bei der Einhaltung von Ordnung und bei der Abwehr von Gefahren war. Und eine Gefährdung lag wohl vor, wenn eine Horde kräftiger Pferde durch die Gegend galoppierte.

Olaf nannte seinen Namen und seine Adresse. Dabei erwähnte er, dass sein Vater Polizist war. Die kräftige Männerstimme wurde freundlicher. Der Mann fragte nach dem Grund des Anrufes. Olaf berichtete kurz und präzise, was sich ereignet hatte. Der Mann sagte: „Gut, verstanden. Prima, dass ihr uns angerufen habt. Ich schicke sofort ein Einsatzfahrzeug."

Keine Frage, dass die beiden Jungen sofort zum Feld fuhren, wo sie die entlaufenen Pferde gesehen hatten. Die Pferde standen nervös tänzelnd auf einem Haufen. Die Feuerwehr war vor Ort und hielt die Tiere fest. Gott sei Dank, entfuhr es Olaf, das Schlimmste konnten wir wohl mit Hilfe der Feuerwehr verhindern. Da bemerkten sie einen Polizeiwagen, der sich mit Blaulicht rasch näherte. Olaf kannte die beiden Kollegen seines Vaters. Nach einem kurzen Gespräch mit der Feuerwehr kamen die Polizisten zu den Jungs. Sie fragten, ob sie etwas Verdächtiges gesehen hatten. Denn die Pferde hätten sich ja nicht alleine aus dem Stall befreien können. Jemand muss sie losgebunden haben.

Olaf und Dieter dachten angestrengt nach. In Gedanken fuhren sie noch einmal den Weg von zu

Hause aufs Feld. Dabei waren sie am Pferdestall vorbeigefahren. War da nicht…?, Olaf schnippte mit den Fingern: „Da stand doch dieses helle Auto, es sah aus wie ein Wolga!"

Der Polizist: „Was meinst du mit hell? Kannst du die Farbe nennen, Olaf verschämt: „Leider nicht, ich habe eine Farbschwäche. Ich würde sagen, es war gelb."

„Nein, da irrst du dich", sagte Dieter. Er kannte sich mit Automarken besser aus. Eigentlich konnte er von jedem Wagen den Namen und Hersteller nennen. „Das war kein Wolga sondern ein Opel Admiral. Baujahr zirka ab 1964. Und er war nicht gelb sondern beige."

Die Polizisten freuten sich über diese präzise Aussage. Sie fragten, ob Dieter sich an das Nummernschild erinnern konnte. Dieter schüttelte seinen Kopf: „Nein, das war total verschmutzt. Eigentlich sehr merkwürdig, da der schicke Wagen ansonsten blitzsauber war."

Der Polizist fragte weiter, ob die Jungen Angaben zu den Benutzern des Fahrzeuges machen konnten. Da konnte Olaf helfen, der sich mehr für Menschen als für Autos interessierte. „Ich habe eine Gruppe Männer vor dem Pferdestall gesehen. Sie haben dort geraucht und sich angeregt unterhalten. Einen kannte ich. Der arbeitet in der LPG, im Büro."

Der Polizist hakte nach: „Kennst du seinen Namen."

Olaf: „Hartmut Krüger, oder Kramer oder so ähnlich. Auf jeden Fall heißt er mit Vornamen Hartmut. Da bin ich mir sicher."

„Das war schon recht ordentlich. Ihr habt uns wichtige Informationen gegeben", sagten die Polizisten und fuhren mit Blaulicht schnell davon.

Die Kunde von der guten Tag machte im Ort blitzschnell die Runde. Wo die beiden Helden auch hinkamen, wurden sie gelobt. Auch ihre Eltern freuten sich sehr, dass sie endlich mal etwas Positives über ihre Söhne erfuhren. Die Väter ließen sich nicht lumpen, sondern spendierten als Anerkennung fünf Mark für einen großen Eisbecher.

Mit diesem unerwarteten Geldsegen in der Hosentasche steuerten die Beiden das Kur – Café als bestes Haus im Orte an. Zum ersten Mal betraten sie ehrfurchtsvoll dieses noble

Etablissement. Der Ober nahm sie nicht zur Kenntnis. Hilflos und schüchtern standen sie am Eingang und trauten sich nicht rein. Denn in der DDR war es üblich, dass die Gäste sich nicht eigenständig einen Tisch suchten, sondern sie mussten warten, bis der Kellner so gnädig war, ihnen einen Platz anzubieten. Da kam Lothar, der Sohn des Inhabers. Er war zwei Jahre älter und wog 50 Kilo mehr. Er wurde einerseits beneidet, weil er an der Quelle des Eis- und Tortenparadieses lebte, andererseits aber gehänselt wegen seiner Fettleibigkeit und der daraus resultierenden sportlichen Insuffizienz. Auch Dieter und Olaf hatten ihm gerne nachgerufen: „Fett und Schweiß, das kommt vom Eis."

Lothar blickte abfällig auf die ängstlichen Gäste und raunzte sie an: „Was wollt ihr Piefkes denn hier? Das ist nicht euer Niveau. Verpisst euch gefälligst. Holt euch ein Eis am Kiosk."

Lothar hatte nicht bemerkt, dass sein Vater hinter ihm stand und die verbalen Entgleisungen seines Sohnes live hörte. So blieb ihm die Blamage nicht erspart, dass ihn sein Vater am Ohr aus dem Gastraum zog und polterte: „Du solltest diese

Gäste nicht beleidigen, sondern sie dir zum Vorbild nehmen. Sieh dir an, welchen sportlichen Eindruck die Jungs machen."

Er gab dem Ober einen Wink, die Jungen an einen freien Tisch zu bitten, was der Ober auch tat, allerdings mit sichtbarem Protest. Demonstrativ blieb er am Tisch stehen und fragte, welchen Wunsch die Herren hätten. Diese Gäste waren es ihm offensichtlich nicht wert, dass er ihnen eine Speisekarte anbot. Dieter hatte sich als Erster in die neue Situation reingefunden. Er sah dem Ober direkt in die Augen und sagte mit ruhiger Stimme: „Die Speisekarte. Bitte." Der Ober spürte die Blicke seines Chefs im Nacken und legte wortlos die Karte auf den Tisch.

Dieter und Olaf schlugen langsam die Karte auf. Gespannt lasen sie das Angebot an Kuchen und Eis und prüften die Preise. So viel stand fest, fünf Mark waren hier ein Fliegenschiss. Dafür gab es ein Glas Limo und zwei Kugeln Eis mit gemischtem Obst, ohne Sahne. Der Ober nahm die Bestellung mit stoischer Miene an. Wenig später stand das Bestellte vor den beiden neuen Gästen.

Nun waren die Jungs alles andere als dumpfe Zeitgenossen. Sie waren immer interessiert und hielten Neugier nicht für eine Unart, sondern für die Quelle des Fortschritts. Denn ohne Neugier müsste sich die Menschheit immer noch mit den Affen um die besten Schlafplätze auf den Bäumen streiten. Sie blickten sich unaufdringlich nach den anderen Gästen um. Da saß doch ein Bekannter in der Fensternische. Hartmut Krüger oder so ähnlich von der LPG - Verwaltung redete hastig auf zwei ältere Männer ein. Olaf konnte sich erinnern, diese drei Männer rauchend vor dem Pferdestall gesehen zu haben. Die Jungen bemühten sich angestrengt, die Unterhaltung zu verfolgen. Aber sie verstanden nur Wortfetzen wie „... hat leider nicht geklappt... Wind zu stark... die werden noch ihr blaues Wunder ... übermorgen schlägt die Stunde der Abrechnung..."

Dieter und Olaf blickten sich vielsagend an. Da war was im Busche. Wäre doch gelacht, wenn sie den Spitzbuben nicht auf die Schliche kämen. Sie folgten den drei Männern, als diese das Café verließen. Sie stiegen nicht in den Opel Admiral, sondern quetschten sich in einen 500er Trabant.

97

Den Jungen war der Grund für diesen Wechsel des Fahrzeuges klar. Die wollten mit ihrem dicken Westwagen nicht auffallen. Logisch. Nun war der Motor des Trabants natürlich nicht mit dem im Admiral zu vergleichen. Dazwischen lagen Welten wie von der Steinzeit in die Gegenwart. Dennoch schafften es die Jungen, trotz größter Anstrengung nicht, dem Trabant mit ihren Rädern zu folgen. Die Fuhre steuerte aber auf Quedlinburg zu.

In Quedlinburg angekommen, bezogen die Beiden Posten auf dem Marktplatz. Sie setzten sich auf eine Bank und musterten unauffällig das Geschehen. Ihre Blicke fielen auf das Hotel zum Bären. Das beste Haus am Platz. Wo wenn nicht hier würden die westdeutschen Männer in ihrem Admiral Quartier nehmen.

Um das Empfangspersonal des Hotels abzu-lenken, griffen sie zu einer List. Olaf schlenderte betont legere auf die Rezeption zu und sagte zu der Empfangsdame: „Können sie mir mal 5 Mark leihen. Im Obstladen in der Heiligengeiststraße gibt es Bananen."

Die Empfangsdame fiel prompt auf diese Inszenierung rein und ging schnell in Richtung Hotelausgang, gefolgt vom Portier und Hotelboy. Das hatte geklappt. Das Hotel war im Empfangsbereich personalfrei. Die Jungen nahmen sich das Gästebuch vor und suchten die Namen der Männer. Das erwies sich als guter Schachzug, denn das Hotel war nur mäßig gebucht. Zwei Männer mit demselben Ankunftstag waren schnell gefunden und die Namen im Gedächtnis gespeichert. Und nun schnell weg, ehe die angeschmierten Angestellten zurückkamen.

Brandstiftung

Olaf und Dieter warteten. Sie waren unruhig. Sollten sie sich um die Aufklärung des Pferdefalles kümmern oder doch besser die Polizei informieren? Sie waren sich nicht einig. Dieter wollte weiter ermitteln, Olaf dagegen lieber vorsichtig sein und seinen Vater um Rat bitten. Während sie noch stritten, verließen die beiden Männer das Hotel. Es dunkelte bereits. Die Jungen wurden schon zu Hause erwartet. Jetzt mussten sie sich entscheiden. Sie knobelten. Dieter hatte Stein, Olaf Schere. Also hatte Dieter das Sagen. Sie nahmen ihre Räder und folgten den Männern. Die stiegen in einen roten Lada und fuhren zügig in Richtung Harz. Die Jungen konnten ihnen mit ihren Rädern nicht folgen. Aber sie ahnten, wohin der Wagen fuhr. Richtig vermutet. Am Ortseingang parkte der Lada auf einem Feldweg. Wenige Meter vor dem Pferdestall.

Den Jungen schlug das Herz vor Aufregung bis in den Hals. Poch, poch, poch. Sie hatten den Eindruck, dass ihre Herzen so laut schlugen, dass man es weithin hören konnte. Das war natürlich Unsinn. Sie konnten die Herzgeräusche getrost vernachlässigen. Der Pferdestall war halbdunkel. Ihre Pupillen waren noch vom Sonnenlicht verengt. Sie konnten zuerst kaum was erkennen. Aber etwas stimmte nicht. Die Pferde waren unruhig. Sie wieherten laut und traten mit ihren Hinterbeinen gegen die Holzwände. Dieter und Olaf erschraken jedes mal.

Dann vernahmen sie Schritte. Schwere Schritte von Männern in Stiefeln. Die Jungen krochen in einen Strohhaufen. Das war nicht angenehm, denn hier wohnte schon eine Mäusefamilie mit vielen kleinen Mäuschen. Eklig, wenn die mit ihren nackten Schwänzen über das Gesicht huschten. Junge Mäuse sind wie kleine Kinder. Neugierig und tollkühn.

Die Männer blieben vor dem Strohhaufen stehen. Sie redeten laut und deutlich. Jedes Wort war zu verstehen. Also doch, nun hatten die beiden kleinen Ermittler Klarheit über die Absichten dieser Männer. Nun wurde den Jungen die Sache doch zu heiß. Sie wollten so schnell wie möglich verduften und die Polizei zur Hilfe holen. Das konnten sie aber erst riskieren, wenn die Männer weg waren.

Was war das für ein Geräusch? Nein, das durfte nicht wahr sein. Einer der Männer hatte ein Streichholz entzündet. Wenig später kroch Brandgeruch durch den Stall. Zum Glück verließen die Brandstifter schnell den Gefahrenort, so dass die Jungen ihr Versteck unbemerkt verlassen konnten. Sie erfassten die Situation sehr rasch. Voller Entsetzen sahen sie , wie das Feuer sich rasch ausbreitete. Wenn nicht schnell gelöscht wurde, war der Stall nicht mehr zu retten. Und nicht nur der Stall. Der gesamte Wirtschaftshof war gefährdet.

Die Jungen entschlossen sich, nicht zu fliehen sondern das Feuer zu bekämpfen. Damit gingen sie ein sehr großes Risiko ein. Das war ihnen aber in der konkreten Situation nicht bewusst. Erst später, als sie über ihr Handeln nachdachten, erkannten sie, welcher Gefahr sie sich ausgesetzt hatten.

In der Schule waren regelmäßig Kameraden der Freiwilligen Feuerwehr, um den Jugendlichen die wichtigsten Verhaltensregeln bei der Brandbekämpfung zu erklären. Dieses Wissen kam ihnen jetzt zugute. Sie fanden im Stall einen Feuerlöscher. Olaf nahm ihn von der Halterung. Dann drückte er den roten Knopf mit der geballten Faust. Den kräftigen Strahl des Löschmittels richtete er auf das Feuer. Ein zweiter Feuerlöscher war nicht zu finden. Dieter nahm deshalb große Pferdedecken und erstickte damit die Glut.

Nur wenige Minuten waren seit der Brandstiftung vergangen, da kam auch schon die Freiwillige Feuerwehr mit mehreren Fahrzeugen angerast. Im nu waren die Schläuche ausgerollt und angeschlossen. Das Kommando „Wasser Marsch" des Wehrführers erklang. Und ein großer

Wasserstrahl schoss in den Brandherd. Dagegen war kein Kraut gewachsen. Der Brand wurde rechtzeitig gelöscht, ehe er sich unheilbringend hätte ausbreiten können.

Dieter und Olaf warten völlig erschöpft. Sie waren schwarz vom Ruß und nass vom Wasser. Aber trotz alledem blickten sie glücklich aus ihren Schornsteinfeger — Gesichtern. Da schrie eine Frau laut auf und wies mit dem ausgestreckten Arm auf die Jungen: „Das habt ihr ja fein hingekriegt. Was habt ihr im Stall auch mit Feuer zu spielen. Das wird für euch ein teurer Spaß."

Alle Anwesenden blickten zu den angeklagten Missetätern. Dieter stotterte schüchtern: „Aber nein, nicht doch, das ist ja falsch. Wir waren das nicht." Die Frau unterbrach ihn, indem sie ein hysterisches Lachen ausbrach: „Auch noch abstreiten, der feine Herr. Aber das wird euch nichts nützen. Da kommt schon die Kripo. Die werden euch schon zum Reden bringen."

Wie aus dem Boden gestampft stand plötzlich Hartmut Krüger vor der Menschenansammlung. Er grinste breit und sagte so laut, dass alle es hören konnten.: „Ich kann das bezeugen. Die

Burschen sind mir gut bekannt. Die haben schon viele krumme Dinger gedreht. Ich habe sie in den Stall schleichen sehen. Kurz danach ist das Feuer ausgebrochen. Wie man sieht, wären sie bald selber mit verbrannt, so schwarz wie sie aussehen."

Die Jungen spürten zwei kräftige Hände auf ihren Oberarmen. Ein Mann im Ledermantel hatte sie gepackt und sagte: „Ich bin Leutnant Mülstef von der Kriminalpolizei. Ihr kommt jetzt mit mir zur Vernehmung." Er blickte sich suchend um: „Kann ich das Büro der LPG nutzen?" Jemand sagte: „Aber sicher doch." Es war wieder Hartmut Krüger. Er ging der Gruppe voran zum Bürogebäude, wo er dem Kripopolizisten den Beratungsraum aufschloss: „So, hier seid ihr ungestört." Er ließ den Polizisten allein mit den Jungen, ging aber in den Nebenraum, wo er das Verhör durch die dünne Pappwand gut verfolgen konnte.

Leutnant Mülstef forderte die Jungen mit einer Handbewegung zum Sitzen auf. Sie nahmen an einer langen Tischreihe Platz. Ganz am Ende, direkt neben der Tür zur Toilette. Mülstef kramte aus seiner Hosentasche eine zerknautschte

Schachtel Zigaretten. Es war Karo, eine gefürchtete Zigarettensorte. Denn sie stanken wie alte Lumpen. Zusammen mit dem aus der halboffenen Toilettentür dringenden Aroma von Urinstein ergab das eine Geruchssinfonie, die härtere Kerle als die beiden Jungen auf die Bretter gehauen hätte. Ohnehin waren sie von den Anstrengungen das Tages völlig erschöpft. Olaf machte den Anfang. Er kippte einfach vom Stuhl und fiel in Ohnmacht. Leutnant Mühlstef war kein Unmensch. Er befahl einem Polizisten, die Jungen nach Hause zu fahren. Morgen ist schließlich auch noch ein Tag.

Pünktlich um neun Uhr saßen die Jungen wieder Mülstef gegenüber. Diesmal nicht im Mief des Beratungsraumes der LPG, sondern im Verhörraum der Kripo. Viel besser roch es hier auch nicht. Aber die Jungen waren ausgeschlafen, hatten gut gefrühstückt und fühlten sich viel besser als am Abend des Vortages.

Mülstef trank zu viel Alkohol. Auch gestern Abend war es wieder eine Flasche Stolitschnaja geworden. Ein hochprozentiger russischer Wodka. Wodka bedeutet so viel wie Wässerchen. Für dieses Gesöff ein unpassender Name. Eine passendere Bezeichnung wäre zhidky namos (Jauche) oder mocha (Urin). Um seine Kopfschmerzen noch stärker herauszufordern steckte sich Mülstef eine Karo an. Er blies den stinkenden Rauch in das Gesicht der Burschen und fragte: „Was habt ihr euch nur dabei gedacht. Einen Pferdestall anzünden. Was wolltet ihr damit erreichen?"

Olaf fand als erster den Mut, auf diese Frage zu reagieren. Er sagte trotzig: „Das stimmt nicht. Krüger lügt. Wir haben den Stall nicht angesteckt, das war Krüger mit seinen Bekannten. Wir haben das genau beobachtet."

„Ach so", reagierte Mülstef erstaunt, „und warum sollte Krüger seinen eigenen Stall anzünden? Das macht doch auch keinen Sinn."

Dieter wurde wütend. Darum konnte es doch gar nicht gehen. Wer oder was einen Sinn macht. Es musste darum gehen, wer die Taten vollbracht hatte. Dann würde sich auch das Warum ergeben. Er erzählte die ganze Geschichte aus der Sicht der Jungen. Von den entlaufenen Pferden, über die Gespräche im Kur Café bis zum Brand des Pferdestalles.

Leutnant Mülstef hatte aufmerksam zugehört.
Die Aussage des Jungen war schlüssig. Es war sehr
unwahrscheinlich, dass er sich das ausgedacht
hatte. Er stellte eine wichtige Frage. Ob die
Jungen die Männer und das Auto beschreiben
konnten. Da hatte er die Richtigen gefragt. Und ob
sie das konnten! Dieter gab eine sehr präzise
Beschreibung aller mit der Tat im Zusammenhang
stehenden Fahrzeuge. Vom Opel Admiral und
vom roten Lada 1300. Die Kennzeichen hatte er
sich sowieso gemerkt.

Nun war Olaf an der Reihe. Auch er gab sich keine
Blöße, sondern beschrieb die Männer aus dem
Opel Admiral. Alter, Größe, Haarfarbe, Kleidung,
Dialekt und so weiter. Leutnant Mülstef nickte
anerkennend. Donnerwetter, das hätte ein
Erwachsener nicht besser machen können. Eine
Frage hatte er noch, ob den Jungen an den
Männern ein besonders Merkmal aufgefallen
war? Die Jungen dachten angestrengt nach. Nein,
es wollte ihnen nicht einfallen. Aber da gab es
was, das besonders auffiel.

Mülstef fand, die Jungen hätten nun genug
geleistet. Er schickte sie zu ihren Eltern nach
Hause, damit sie sich von den Strapazen erholen

konnten. Er klopfte Olaf freundschaftlich auf die Schulter: „Und wascht euch bitte gründlich, ihr seht ja aus, als hättet ihr einen Schnurbart."

Genau, das war es, was Olaf nicht eingefallen war. Er rief erlöst: „Das war das besondere Merkmal!" „Wie", Mülstef horchte auf, „hatten die Männer Bärte?" „Nein, keine Bärte", Olaf schüttelte mit dem Kopf, „ einer, der Größere, hatte eine Hasenscharte auf der Oberlippe. Ich habe sie ganz deutlich gesehen."

„Na das nenne ich aber wirklich ein besonderes Merkmal". Leutnant Mülstef war sehr zufrieden.

Olaf fragte aufgeregt, ob Dieter und er wegen der Brandstiftung immer noch unter Verdacht standen. Mühlstef schüttelte verneinend den Kopf: „Das ward ihr ganz bestimmt nicht gewesen. Ich werde eine Fahndung nach den beiden verdächtigen Männern im Opel rausgeben. Wäre doch gelacht, wenn wir die nicht bald verhaften werden."

Dieter und Olaf hätten nun eigentlich zur Schule gehen müssen. Sie hatten für den Besuch bei der Polizei frei bekommen, müssten jetzt aber auf dem schnellsten Weg in die Schule. Doch sie hatten dazu keine Lust. Sie schlugen den Weg zum Brühlpark ein, um sich in der Gaststätte mit einer Bockwurst und Brause zu stärken. Auf dem Wege dorthin kamen sie an einer großen Villa vorbei, die von einer hohen Mauer geschützt wurde. Mehr als erstaunt waren sie, als der westdeutsche Opel vor dem Tor der Villa anhielt. Der Fahrer sprach kurz mit dem Wachposten, dann durfte der Wagen den Schlagbaum passieren.

Verständlich, dass Dieter und Olaf diesen Vorgang mit größtem Interesse verfolgten. Davon mussten sie sofort die Polizei benachrichtigen. Sie liefen so schnell sie konnten zum Polizeirevier und berichteten Leutnant Mühlstef von ihrer Beobachtung.

Mühlstef hörte ihnen aufmerksam zu, zog dabei aber die Stirn in Falten. Er fragte nach: „Ihr meint die Villa im Neuen Weg, kurz vor der Stumpfsburger Bodebrücke? Die Villa mit der hohen Mauer und dem Wachposten?"

Die Jungen beteuerten, dass es genauso war. Sie irrten sich ganz bestimmt nicht.

Leutnant Mühlstef forderte die Jungen zum Sitzen auf. Er holte für sie eine Brause, damit sie wieder zur Ruhe kamen. Dann bat er sie, den beobachteten Vorgang keinem zu erzählen. Es handelte sich offensichtlich um eine Sache von höchster Bedeutung, wo absolute Geheimhaltung notwendig war.

Die Jungen konnten das nicht verstehen, versprachen aber, ihren Mund zu halten.

So ein Versprechen ist schneller abgegeben als gehalten. Die Jungen platzten bald vor Neugierde und beschlossen, die Villa weiter zu beobachten. Und richtig, sie mussten nicht lange warten. Da verließen die Verdächtigen mit dem Opel das Villengrundstück und fuhren auf dem Neuen Weg in Richtung Harz. Die Jungen holten aus ihren Fahrrädern raus, was sie konnten. Sie schafften zwar nicht, am Opel dranzubleiben, aber sie kamen wenig später zu einem abgelegenen Bauernhof, wo der Opel hundert Meter vorher parkte. Gut versteckt in einem Gebüsch.

Das Anwesen gehörte zu einer anderen Landwirtschaftlichen Genossenschaft. Trotzdem war auch Hartmut Krüger wieder vor Ort. Er diskutierte heftig mit den Verdächtigen. Wortfetzen wie, „ich mache da nicht mehr mit..“

und „das werden sie nicht durchstehen, wir machen sie fertig…" klangen interessant, aber die Jungen konnten damit nichts anfangen. Dann gingen die beiden wieder zu ihrem Opel und fuhren zurück nach Quedlinburg.

Hartmut Krüger blickte ihnen wütend nach. Dann kletterte er über einen Zaun. Er schlich geduckt zu einem großen Schweinestall und warf eine brennende Flasche mit Benzin auf das Teerdach. Im Nu breitete sich ein Brand aus. Die meterhohen Flammen warfen ein grelles Licht auf das Anwesen, so dass die Szenerie fast einen romantischen Anblick produzierte. Das Flammenmeer im Rücken lief Krüger zu seinem Fahrrad und fuhr sehr schnell über die Feldflur in den Wald. Die Jungen hatten alles beobachtet. Sie mobilisierten ihre letzten Kraftreserven und fuhren mit den Fahrrädern zur Feuerwehr. Atemlos berichteten sie von der Feuerbrunst.

Diesmal kam die Rettung nicht früh genug. Der Schweinestall brannte bis auf die Grundmauern runter. Aber nicht nur der Schweinestall war betroffen, sondern es wurden auch andere Ställe und Scheunen vom Brand erfasst. Viele Tiere kamen in den Flammen um.

Olaf hatte das jämmerliche Schreien der Kühe, Schweine, Pferde, Katzen und Hunde immer noch im Ohr, als seine Mutter den Tisch für das Abendessen deckte. Das tägliche Abendbrot war für Olaf stets ein abschließender Höhepunkt mehr oder weniger ereignisreicher Tage. Hier wurde von der Familie alles besprochen. Auch unangenehme Themen kamen auf den Tisch.

Heute war Olaf besonders nervös. Seine Mutter spürte das sofort. Mütter haben andere Sensoren für ihre Kinde als die Väter. Sie sind auf die Betreuung und den Schutz der Familie programmiert ,während die Väter mehr mit sich und ihrer Arbeit beschäftigt sind. Das ist nichts Schlimmes. Dies spezifische genetische Prägung der Geschlechter gibt es schon seit der Urgesellschaft und sie wird noch lange bestehen bleiben.

„Was ist passiert?" fragte die Mutter ihren Sohn, „ du bist heute so aufgeregt."

Der Vater blickt von seiner Stulle hoch, auf der er gerade eine möglichst dicke Scheibe Harzkäse platzieren wollte: „Habt ihr wieder Ärger mit meinen Genossen von der Polizei?"

Olaf drückste herum: „Wir haben nichts angestellt, aber wir dürfen auch nichts sagen. Es handelt sich um Staatsgeheimnisse. Leutnant Mühlstef hat uns verboten, darüber zu sprechen."

Die Mutter fuhr empört hoch: „Das wäre ja noch schöner, wenn die Kinder mit ihren Eltern nicht über alles sprechen dürfen. Wir sind doch nicht mehr bei den Nazis. Komm Junge, erzähl, etwas bedrückt dich doch"

Der Vater brummelte etwas von „ gegen die Macht der Mütter gibt es kein Kraut…" und gab Olaf mit einem Wink zu verstehen, dass er reden soll.

Olaf war sehr erleichtert, dass er mit der Last des geheimen Wissens von höchster Bedeutung nicht mehr alleine war. Als er seine Information beendet hatte, fragte der Vater nochmals wegen der Villa im Neuen Weg nach. Ja, Olaf bestätigte nochmals, dass der dicke Opel genau auf den Hof dieser Villa gefahren sei.

Der Vater schnalzte mit der Zunge. Seine Frau blickte ihn fragend an: „Da ist doch die Kreisdienstelle der Staatssicherheit unter-gebrach?"

Der Vater stöhnte: „Eben, so rede doch nicht so laut. Das kann uns Kopf und Kragen kosten. Du sprichts darüber mit keinem Menschen. Auch Mühlstef darf nicht wissen, dass wir das von dir erfahren haben."

Aber wie das so mit Geheimnissen ist. Je größer sie sind, umso schneller verbreiten sie sich. Es dauerte nicht lange, und es wurde zum Stadtgespräch, dass von der Staatssicherheit Anschläge gegen die Landwirtschaftlichen Produktionsgenossenschaften organisiert worden waren.

Für Olaf und Dieter hatten diese Brandstiftungen keinen Sinn. Die Stasi sei doch für den Schutz der sozialistischen Errungenschaften da und nicht für deren Vernichtung. Sie fragten den Vater danach und der konnte ihnen die Zusammenhänge erläutern: „Der sogenannte Sieg der sozialistischen Revolution in der ehemals privatwirtschaftlichen Landwirtschaft war von den staatlichen und politischen Kräften in der DDR mit rigorosen Mitteln durchgeführt worden. Oftmals gegen den Widerstand der erfolgreichen Bauern.

Die Partei und Staatsführung der DDR wollte diese widerspenstigen Bauern einschüchtern. Deshalb wurde die Staatssicherheit beauftragt, in der Landwirtschaft eine Atmosphäre der Angst zu schaffen. Die Sicherheitsorgane der DDR schufen sich damit gute Gründe, gegen die renitenten Bauern vorzugehen. Dadurch sollte ein Klima der Bedrohung erzeugt werden, um die Verstärkung der politischen Sanktionen gegen die Bevölkerung zu legitimieren. Vor allem gegen die Unruhestifter unter den Großbauern, die vor kurzem in die Genossenschaften gezwungen worden waren, richtete sich diese Aktion „Dorffeuer".

Dieter hakte nach: „Das ist mir soweit schon verständlich, aber wieso waren da westdeutsche Männer im Spiel."

Der Vater legte den Zeigefinger auf die Lippen: „Pst, was ich euch jetzt sage, muss absolut vertraulich behandelt werden und muss in unserem Kreis bleiben!"

Olaf wurde ungeduldig: „Aber das ist doch selbstverständlich. Das musst du uns nicht zehnmal sagen. Wir sind doch keine kleinen Kinder mehr."

Der Vater musste lächeln. Ja, sein Sohn war schon gut geraten. Mit dem kann man wie mit einem Erwachsenen reden: „Ihr müsst wissen, dass es sich bei diesen Männern nicht um westdeutsche Bürger, sondern um zivile Einsatzkräfte der Stasi gehandelt hat. Der Opel mit westdeutschen Kennzeichen war in der DDR zugelassen. Diese Kriegslist sollte die Gefährlichkeit der westdeutschen Ultras vorgaukeln."

Dieter fügte hinzu: „Und die angebliche Verbindung der ostdeutschen Großbauern mit dem westdeutschen Regime beweisen."

„Richtig", der Vater war erfreut über das Mitdenken, „dadurch sollte der Eindruck entstehen, dass die Großbauern der DDR im Bündnis mit den Bonner Ultras den Frieden bedrohen. Da war die Einführung der Wehrpflicht in der DDR 1962 eine absolute Notwendigkeit."

Warum Hartmut Krüger sich als Erfüllungshilfe der Stasi betätigte, wurde nicht bekannt. Krüger verschwand bald aus der Stadt. Von seinem weiteren Verbleiben fehlte jede Spur.

Die Strafe

„Aber wodurch, Genossen, kam es zu dieser Explosion"? fragte der Erste Sekretär der SED Kreisleitung. Er zog gierig an seiner Zigarette und blies den blauen Dunst rücksichtslos seinen Gegenübern ins Gesicht. Seitdem er die Komsomolhochschule in Moskau absolviert hatte, trank er nur noch sowjetischen Wodka und rauchte russische Zigaretten der Marke Papirossa. Ein jämmerliches Kraut, das wie verbrannte Lumpen roch und schmeckte. Seine Genossen lästerten hinter vorgehaltener Hand, man hätte ihm in Moskau nicht nur den Marxismus — Leninismus beigebracht, sondern auch das Rauchen und Saufen. Der Bürgermeister von Harzfelde und Leutnant Mülstef blieben ihm eine Antwort schuldig. Aber der Erste Sekretär bohrte weiter: „Diese Explosion kann doch nicht durch den Verstärker verursacht worden sein. Die paar Röhren explodieren doch nicht, oder?"

Der Bürgermeister kam nun doch nicht um eine Antwort herum. Er stotterte vor Aufregung: „Im Prinzip schon durch den Verstärker. Aber nicht alleine. Die Jungs von der Band haben den

Verstärker auf eine große Holzkiste gestellt. Und darin befand sich dummerweise das Feuerwerk für die Feierlichkeiten zum 25. Jahrestag der Gründung der DDR."

Der Parteisekretär stierte den Bürgermeister ungläubig an: „Das ist doch nicht dein Ernst. Willst du damit sagen, wir haben am 7. Oktober kein Feuerwerk? Wo wir doch den Genossen Ersten Sekretär von der Bezirksleitung erwarten. Ich fordere, dass der Schuldige umgehend festgestellt und mir gemeldet wird."

Die drei Musiker der Harzer Rockband rutschten nervös auf ihren Stühlen. Sie warteten im Vorzimmer des Bürgermeisters. Eigentlich sollte auch der Trommler da sein. Er war der Sohn des Ersten Sekretärs der Kreisleitung des SED. Olaf und Dieter fragten Krümel, ob der wisse, wo der Trommler blieb. Aber Krümel konnte auch nur mit der Schulter zucken. Da öffnete sich die Tür zum Büro des Bürgermeisters und die drei Musiker mussten die Schwelle seiner Amtsstube überwinden. Sie taten das mit großem Widerwillen. War doch nichts Gutes zu erwarten.

Der Bürgermeister konnte sich ein Lächeln nicht verkneifen. Er war noch recht jung und bewirtschaftete neben seiner Arbeit als Bürgermeister noch eine einträgliche Bäckerei. Alle konnten an seinem Wolga sehen, dass er keine Not litt. Er hatte ein Schwäche für seine Amateurmusiker, doch das durfte keinen Einfluss auf die Erfüllung seines Auftrages haben. Er sollte den Schuldigen für die Explosion der Feuerwerkskörper ermitteln. Aber so direkt durfte er diese sensible Frage nicht stellen. Dann würden die Jungs auf stur schalten und er würde nichts aus ihnen heraushohlen. Er forderte sie deshalb freundlich auf, Platz zu nehmen und sagte schmeichelnd: „Schön, dass wir uns mal in Ruhe unterhalten können. Ich habe schon viel von eurer Band gehört. Wenn ihr noch einen Trompeter brauchen könnt, sagt mir Bescheid. Ich spiele recht gut Trompete." Olaf und Dieter nuschelten verlegen: „Ist gut, aber erst mal noch nicht."

Der Bürgermeister lachte. Das Eis schien gebrochen zu sein. Er legte deshalb seine Fallen weiter aus: „Könnt ihr euch noch erinnern, wo am Abend des Brandes auf der Bühne euer Equipment stand. Ich meine Gitarren, Schlagzeug,

Lautsprecher und so." Olaf roch den Braten und fragte vorsichtig: „Wer will das denn wissen?"

„Och einfach nur so", antwortete der Bürgermeister, „würde mich interessieren, wegen der Akustik. Ich plane, eine Harzer Musikgruppe aufzubauen. Mit volkstümlicher Musik. Da würden mich eure Erfahrungen interessieren. Ihr könnt auch bei mir mitspielen. Für mich wäre es in Ordnung, wenn ihr in zwei Musikgruppen spielen würdet."

Dieter und Olaf blieben vorsichtig. Sie rochen förmlich, dass an der Sache was stank. Anders Krümel. Der hatte bei den Harzrockern keine Zukunft und wollte sich beim Bürgermeister anbiedern. Er nahm den Bühnenplan in die Hand und zeichnete akribisch die Position der Bandausstattung ein. Der Bürgermeister blickte ihm auf die Finger und fragte: „Mir scheint euer Verstärker noch zu fehlen. Wo stand denn der? Das wäre sehr aufschlussreich, denn die Position des Verstärkers ist doch für die Aufstellung der Boxen wichtig. Damit es keine Rückkopplungen mit den Mikrofonen gibt."

Hä? Olaf und Dieter sahen sich fragend an. Sie verstanden nur Bahnhof. Die Boxen sind mit den Mikrofonen für die Rückkopplungen zuständig, nicht der Verstärker. Aber ehe sie etwas erwidern konnten, war Krümel in die Falle gestapft: „Der Verstärker stand neben dem Schlagzeug. Der Trommler hat ihn dort hingestellt, damit er das Mischpult bedienen konnte."

„Aha", der Bürgermeister ahnte Schlimmes, „könnt ihr euch noch an die große Holzkiste erinnern? Stand die dort in der Nähe?" Krümel mit stolzer Stimme: „Und ob, die hat doch der Trommler noch ran gezogen und den Verstärker draufgestellt."

Der Bürgermeister frohlockte innerlich. Also der Trommler, Sohn des Parteisekretärs, war der Schlimme. Das gefiel dem Bürgermeister über alle Maßen. Denn er war Mitglied der LDPD und konnte den Parteifunktionär der SED nicht ausstehen. Eine Haltung, die er mit vielen Menschen teilte. Jetzt wäre interessant, wie der Parteibonze seinen Sohn behandelte. Wird er ihn bestrafen oder wird er ihn schützen. Aber diese Frage musste sich der Bürgermeister gar nicht stellen. Die Antwort war doch klar.

Nachdem der Bürgermeister die drei jungen Musikanten verabschiedet hatte, rief er den Ersten Kreissekretär an, um ihm mitzuteilen, wer die „Schuld" für die Explosion der Feuerwerkskiste trug. Es dauerte eine Weile, bis der Parteisekretär sich eine Antwort überlegt hatte. Er brüllte in das Telefon: „Das ist ja eine unerhörte Sauerei. Da will doch jemand meinen eigenen Sohn verleumden. Das richtet sich nicht nur gegen mich, sondern gegen meine Partei. Ich fordere von dir als Bürgermeister von Harzfelde, dass du derartige Angriffe gegen unsere Partei abwehrst. Du bist in dieser Angelegenheit zum Stillschweigen verpflichtet. Diese Sache bleibt unter uns, bis die Genossen der Staatssicherheit den wahrhaft Schuldigen ermittelt haben."

Damit donnerte er den Telefonhörer auf die Gabel. Das Telefonat war beendet.

Doch er hatte die Rechnung ohne den Bürgermeister gemacht. Der ließ hintenrum durchsickern, dass der Trommler Schuld war an der Explosion der Feuerwerkskiste. Und wie das so mit hintenrum Informationen ist, sie verbreiten sich wie ein Lauffeuer und entwickeln rasch ein Eigenleben. So wuchs dieses banale Ereignis, an dem wirklich keiner der Jungs Schuld trug, zu einer Staatsaffäre.

Die Angestellten der Staatssicherheit erhielten über ihre Informanten innerhalb von wenigen Stunden folgende Information: Sohn des Kreissekretärs war Mitglied einer konter-revolutionären Gruppierung. Diese Gruppe plante einen Bombenaschlag im Rahmen der Feierlichkeiten zum 25. Jahrestag der Gründung der DDR. Erste Aktion war die konter-revolutionäre Aktion auf der Jugendtanz-veranstaltung in Harzfelde.

Dieses Gerücht sorgte bis in die höchsten Kreise der Partei für Aufregung. Der Vater des Trommlers wurde aus seiner Funktion als 1. Sekretär der Kreisleitung der SED entlassen. Er musste fortan als Hausmeister in einer Schule arbeiten.

Die SED Führung reagierte konsequent auf die Harzfelder Ereignisse. Das Politbüro stellte im Dezember 1965 fest, dass es innerhalb der Jugend konterrevolutionäre Kräfte gab, die sich der imperialistischen Sexual- und Kriminal-propaganda gegenüber anfällig zeigten. Es forderte, die Erziehung solcher jungen Menschen ernster zu nehmen.

Aber von all dem wussten Olaf und Dieter nichts. Sie wollten nur ihrem Hobby nachgehen, indem sie Musik machten. Die Lücke, die der Trommler in ihrer Band hinterlassen hatte, konnten sie bald wieder schließen. Der Bürgermeister entdeckte seine Liebe zum Schlagzeug. Das bedeutete für die Band viel. Sie besaßen nun nicht nur einen musikalischen Trommler, sondern sie verfügten mit dem Wolga des Bürgermeisters über ein geräumiges Transportfahrzeug. Wenn der Wolga nicht ausreichte, wurde ein großer Anhänger angekuppelt. Und ab ging es zur nächsten Mucke.

Aber, wie Schiller schon in seinem Lied von der Glocke orakelte, „mit des Geschickes Mächten ist kein ewger Bund zu flechten und das Unglück schreitet schnell".

Das Unglück traf die Band in Person der Wirtstochter vom Wolkenroder Wirtshaus. Die Band sollte dort zur Silvesterfeier spielen. Sie fuhren wie immer zu spät los und gerieten unterwegs in einen kräftigen Schneesturm. Man konnte kaum die eigene Hand vor Augen sehen.

Es dauerte nicht lange, und der Wolga rutschte auf eisglatter Straße in den Graben. Der Hänger löste sich vom Zugfahrzeug und polterte einen Abhang hinab.

Nun war der Wolga ein robustes Fahrzeug. Sein Vierzylinder mit 2,4 Liter Hubraum und 80 PS machte ihn zu einem der stärksten Autos in der DDR. Er schaffte eine Höchstgeschwindigkeit von 130 Kmh. Wartburg und Trabant konnten nicht mithalten. Der Trabant verfügte über 23, der Wartburg über 37 PS.

Der Wolga steckte fest. Die Hinterräder drehten durch. Auf der schneeglatten Straße fanden sie keine Haftung. Hilfe war nicht zu erwarten, es sei denn, man lief zu Fuß durch den Schneesturm ins nächste Dorf. Ein Traktor könnte sie rausschleppen. Bevor sich die Band einigen konnte, wer loslaufen sollte, hielt ein Wartburg. Am Steuer der Wirt des Wolkenroder Gasthauses und dessen Tochter. „Na da seid ihr ja endlich", rief die Tochter genervt. Und der Wirt befahl: „Ich binde eure Russenschaukel an meinen Wartburg und ziehe euch raus." Das gelang auch recht zügig. So erreichte die Band mit einstündiger Verspätung Wolkenrode, wo die Silvestergäste schon kräftig getrunken hatten. Der Saal quoll von Menschen über. Viele rauchten. Die Luft war unerträglich warm und stickig.

Leider war die Verstärkeranlage im Hänger geblieben. Aber der Wirt hatte eine eigene. Es war schon 22.00 Uhr, als die Band endlich auf der Bühne stand und ihr erstes Lied spielte „Blaulicht". Die Gesichter der Gäste wurden lang und länger. Der zweite Titel „A house in New Orleans" fand noch weniger Resonanz. Ein dicker schwitzender Mann fragte laut, ob denn die Kapelle auch Tanzmusik spielen könne. Es war der Bürgermeister. Seine Frage löste eine lautstarke Zustimmung aus. Die Stimmung wurde drohender als die Band einen populären Song der Beatles spielte. Dann war erst einmal Pause angesagt.

Die Musiker waren überfordert. Das war was anderes als der Jugendtanz. Die Leute wollten bis ins Morgengrauen durchfeiern. Das Repertoire der Band umfasste zwanzig Titel. Die Lieder dauerten im Durchschnitt drei Minuten, zusammen mit den Pausen ergab das rund zwei Stunden Spielzeit. Dann eben einfach von vorne anfangen. Aber diese Rechnung hatten sie ohne den Wirt gemacht. Der baute sich mit seinen 120

Kilo Lebendmasse vor dem Kapellen - Tisch auf und forderte, dass die Band sofort tanzbare Stimmungsmusik spielte und zwar ohne Pause. Höchstens nach fünf Liedern zwei Minuten Pause. Während er sprach, hatte sich eine Menschen-traube hinter ihm versammelt. Johlend wurde eine Silvesterfeier mit Tanzmusik gefordert.

An dieser Stelle hätte die Band mit gutem Willen und viel Glück eine Einigung erreichen können. Doch des Geschickes Mächte wollten es anders.

Wie so oft war der Liedgitarrist und Sänger der Auslöser einer handfesten Keilerei. Dabei hatte er lediglich den Titel Hang on sloopy der Mccoys gesungen. Nur den wenigsten war aufgefallen, dass er den englischen Text nicht beherrschte. Er sang seinen eigenen Text in einer dem Englischen ähnlichen Fantasiesprache. Lediglich den einfachen Refrain beherrschte die Band.

Doch seinem Gesang wohnte ein Zauber inne, der auch vor der drallen Wirtstochter nicht halt machte. Sie hatte inzwischen genug Bier und Korn konsumiert, um jede Hemmung zu verlieren. Sie bahnte sich einen Weg zur Bühne, schlang stürmisch ihre Arme um den Sänger und sang inbrünstig den Refrain mit.

Dieser Auftritt missfiel nun dem Sohn des LPG - Vorsitzenden, der mit der Wirtstochter so gut wie verlobt war. Laut brüllend erstürmte er die Bühne und entriss seine Braut dem Barden. Dieser Auftritt störte wiederum den jungen Dorffleischer, der eine heimliche Affäre mit der Wirtstochter hatte. Rasend vor Wut sprang er auf die Bühne und drosch dem Sohn des LPG-Vorsitzenden die Faust ins Gesicht.

Danach schlug jeder jedem in die Fresse. Bis sie nicht mehr konnten. Der Wirt ließ der Saalschlacht ihren Lauf. Er kannte das schon. Polizei war nicht nötig. Der Spuk dauerte weniger als eine halbe Stunde. Dann fielen sich alle in die Arme und die Feier wurde fortgesetzt, als ob nichts passiert war.

Die Prügelei brachte einen Stimmungswandel. Anstatt zu lamentieren, sang das Publikum nun die Lieder der Band mit. Keiner achtete mehr darauf, wie oft das Repertoire wiederholt wurde. Nach Mitternacht stellte die Band ihre musikalische Arbeit ein. Dieter griff zum

Akkordeon und spielte bis der Morgen graute Stimmungslieder. Olaf nahm den Platz am Schlagzeug ein und gab sein Bestes.

Der Wirt war mit dem Umsatz sehr zufrieden. Er drückte jedem Musiker 50 Mark in die Hand. Die Jungs waren zu müde, um zu protestieren. Sie gaben sich aber ein Versprechen: Nie wieder Silvesterparty in Wolkenrode.

Aber wo war Dieter? Sie wollten ohne ihn nicht abfahren. Olaf konnte es sich schon denken. Er kannte seinen Blutsbruder nur zu gut. Und richtig. Ein plötzlicher Lärm lenkte die Aufmerksamkeit auf das Wirtshaus. Der Wirt stand im offenen Fenster seiner Tochter und warf mit Schimpfworten und Briketts nach Dieter, der nackt über das verschneite Satteldach flüchtete. Jetzt aber schnell weg. Dieter hechtete in die offene Autotür und der Wolga raste mit quietschenden Reifen von dannen. Der Bürgermeister wollte schon eine Moralpredigt starten. Doch als er Dieters blutenden Schwanz sah, war ihm das Strafe genug. Ein vereister Dachziegel hatte diese leichte Wunde besorgt. Dieter konnte den Kollateralschaden mannhaft verkraften. In Liebesdingen war das nicht sein erstes Malheur und sollte auch nicht das letzte sein.

Sag mir wo du stehst

Der Speisesaal der Betriebskantine war voller Menschen. Olaf konnte seine Aufregung nicht verbergen. Er schätzte die Zahl der Anwesenden auf mindesten tausend Leute. Der Direktor der Berufsschule wusste es besser. „Maximal 300, mehr gehen hier nicht rein", sagte er, um Olaf zu beruhigen. Aber 300 waren auch ziemlich viel, zumal unter ihnen Christel war. Olaf hätte viel darum gegeben, wenn er jetzt in den Boden versinken könnte. Oder wenn eine höhere Gewalt seinen Auftritt verhindert hätte. Statt dessen trat der Direktor ans Mikrofon und sagte so laut es ging: „Hiermit eröffne ich unsere Messe der Meister von Morgen. Zum Auftakt unseres Programms hören wir unsere Singegruppe mit dem aktuellen Titel „Sag mir wo du stehst" des Oktoberclubs Berlin. Heute dargeboten von Olaf aus dem zweiten Lehrjahr. Bitte Olaf, nur Mut."

Die Band begann zu spielen. Der Schlagzeuger schlug den markanten Rhythmus. Dieter begleitete ihn auf der Gitarre. Das Vorspiel , so war verabredet, sollte zweimal wiederholt werden, dann sollte Olaf anfangen zu singen. Aber Olaf konnte nicht. Seine Kehle war wie zugeschnürt. Dieter spielte das intro „e moll und C Dur". Drei-, vier-, fünfmal. Im Saal wurde schon gelacht. Pfiffe ertönten. Einer brüllte unter Gelächter: „ Er steht wohl nicht, Olafchen."

Olaf wurde rot vor Scham. In diesem Moment spürte er eine Hand auf seinem Arm. Wie aus dem Nichts die gute Fee erschien Christel neben ihm auf der Bühne. Sie sang unbekümmert: „Sag mir wo du stehst." Olaf konnte sein Glück nicht fassen. Er stimmte sofort mit ein. Der Saal schien die Magie des Augenblicks zu spüren. Die Lästerer und Pfeifer verstummten. Viele klatschten rhythmisch in die Hände. Einige sangen den populären Song mit.

Das Lied war gesungen, der Beifall verklungen. Endlich konnte Olaf diese verdammte Bühne verlassen.

Olaf war zur Singebewegung der Freien Deutschen Jugend als sozialistischer Jugendorganisation der DDR per Zufall gestoßen. Er begann 1966 mit einer Lehrausbildung in einem Quedlinburger Betrieb. Parallel zur Berufsausbildung konnte er das Abitur machen. Für einen Spätstarter eine gute Chance.

Seine Harzer Jodelrocker Band hatte das Ende der Schulzeit nicht überstanden. Ihre jungen Musiker nahmen getrennte Wege. Ohne Telefon und Auto konnte die Band nicht überleben.

Olaf fand das schade, konnte aber nichts dagegen in die Waagschale werfen. Er verfolgte aber nach wie vor die nationalen und internationalen Trends in der Jugendmusik. Er blieb was er immer war, ein Fan der Beat Musik. Er bemühte sich auch um neue Musiker für eine Band, jedoch ohne Erfolg. Gute Musiker waren rar und mit drittklassigen Leuten wollte er sich nicht einlassen. Zudem kostete so eine Band auch Geld. Die Technik erforderte Investitionen von mehreren tausend Mark. Woher nehmen, wenn man keine reiche Verwandtschaft hat.

Da kam ihm das Angebot, in der Singegruppe des Betriebes mitzumachen, gerade recht. Der Betrieb kümmerte sich um die Technik. Viel war ohnehin nicht notwendig. Ein Verstärker, ein paar Boxen und drei Mikrofone – das wars.

In der DDR entstand zu jener Zeit eine Singebewegung, die das Liedgut der amerikanischen Demokratiebewegung pflegte, aber auch eigene politische Lieder im modernen Sound schuf. Gar nicht mal so schlecht. Das fand auch Dieter. Zu einem regelrechten Hit wurde 1967 ein Lied einer Berliner Singegruppe mit dem Titel „Sag mir wo du stehst".

Den Lehrern der Betriebsberufsschule war nicht verborgen geblieben, dass unter den Schülern einige gute Musiker waren. Als der Direktor eine Eröffnungsveranstaltung für die Messe der Meister von Morgen plante, sah der Lehrausbilder des 2. Lehrjahres seine Chance gekommen, sich zu profilieren. Er schlug vor, eine eigene Singegruppe zu gründen, die dann auf dem Meeting auftreten sollte.

Olaf war alles andere als begeistert, als er auf seine Mitwirkung als Sänger angesprochen wurde. Aber er konnte nicht nein sagen. Eine Schwäche, die er sein Leben lang nicht los wurde und die wohl mit der Dominanz des Kollektivs in der Erziehung der DDR - Jugend zusammenhing. Denn wer nicht bereit war, sich den Interessen des Kollektivs unterzuordnen, der bekam schon die Kraft des Kollektivs zu spüren. So hielt Olaf besser die Klappe und machte gute Miene zum üblichen Spiel.

Nennen wir es Schicksal oder Vorsehung, Olaf war nicht nur als Gitarrist gefordert, nein, er sollte auch der Solosänger des neuen Singeclubs werden. Von diesem Vorschlag seines Lehraus-bilders völlig irritiert, schlug Olaf Dieter an seiner Stelle vor. Aber Dieter lehnte ab. Musik machen, ja okay. Aber sich vor die Leute stellen und politische Bekenntnisse abgeben, das war nicht Dieters Ding.

Und so etablierte sich im VEB Haushaltstechnik einer der ersten Singeclubs der Jugend. Es verstand sich von selbst, dass zum Jugendball am Vorabend der Messe der Meister von Morgen auch der neue Singeclub auftrat. Er verzichtete dabei auf das politische Liedgut der sozialistischen

DDR. Statt dessen spielten sie bekannte Hits der Beatles und Rolling Stones.

Sie hatten Glück, das Lehrerkollektiv der Berufsschule war im Durchschnitt 58 Jahre alt und kannte diese Lieder nicht. Es war nur dieser Tatsache und dem reichlichen Alkoholkonsum zu danken, dass der sozialistische Singeclub wegen der Westmusik keinen Ärger bekam. Denn die Jungs hielten sich nicht an die staatlich vorgeschriebene 40 zu 60 % Regel.

Diese Vorschrift verpflichtete die Veranstalter öffentlicher Musikveranstaltungen, egal ob Livemusik oder mit Tonbandmusik, 60 Prozent Titel aus dem sozialistischen Lager zu spielen. Westmusik durfte nur 40 % ausmachen. Es versteht sich, dass alle diese Vorschrift doof fanden und sie deshalb auch kaum eingehalten wurde.

Olaf genehmigte sich nach dem Auftritt seiner Band ein Bier vom Fass, als sich seine Blicke mit Christels Augen kreuzten. Für einen Augenblick stand für Olaf die Welt still. Jetzt wusste er, was Liebe auf den ersten Blick war. Christel lächelte freundlich zurück und ging unbekümmert auf Olaf zu. Es war sehr laut und von einem Gespräch konnte man nur Bruchteile erfassen. Olaf verstand nur so viel, dass sein Gesang Christel gefallen hatte. Dann gingen beide auf die viel zu kleine Tanzfläche. Hier zappelten sie den restlichen Abend wild mit ihren Armen und Beinen, wie es damals Mode war.

Dieter hatte das Geschehen entspannt von der Bar aus verfolgt. Er ließ lieber andere tanzen und konnte sich dabei köstlich amüsieren. Irgendwie abartig und gemein, wie Olaf es fand. Dieter schlug ihm krachend die Faust auf die Schulter: „Hallo, sieht ja echt Scheiße aus, wie du hier rumhüpfst. Aber deiner Tanzpartnerin scheint das ja zu gefallen. Weißt du überhaupt, wer das ist?"

Olaf: „Nee warum?"

Dieter: „Das ist die Tochter vom Vorsitzenden des Rates des Bezirkes. Einer der mächtigsten Männer des Landes."

„Na, wenn schon", Olaf zuckte nur mit den Schultern. „Ich kenne das Mädchen doch gar nicht, weiß nicht, ob ich die wiedersehen werde."

Dieter: „Besser, du lässt die Finger davon. Das riecht nur nach Ärger."

Doch die Entscheidung hatten weder Olaf noch Dieter zu treffen. Am nächsten Tag stand Christel unbekümmert neben Olaf und sang fröhlich den Refrain „Sag mir wo du stehst und welchen Weg du gehst."

Als das Lied gesungen und der spärliche Beifall versickert war, fasste Christel Olaf spontan am Arm. „Wohin geht dein Weg?", fragte sie keck. „Lust auf einen Shake in der Mokka - Milch - Eisbar?"

Olaf zählte still seine Finanzreserven. Zwei Mark Achtzig. Ob das reichen würde? Aber er konnte Christel doch keinen Korb geben. Also machte er auf dicke Hose und antwortete galant: „Aber nur, wenn ich dich einladen darf." Christel zog ihre Stirn in Falten: „Papperlapapp, jeder bezahlt für sich selber. Ich bin schließlich eine emanzipierte Frau und lasse mich von keinem Mann aushalten."

Sie beendete ihre Erklärung mit einem hellen Lachen. So, als sollte das ein Scherz gewesen sein. Aber dass dem nicht so war, sollte Olaf schon bald und immer wieder erleben.

Die Quedlinburger Mokka - Milch -Eisbar war der beliebteste Treffpunkt der Jugendlichen. Das lag nicht nur an den Eisspezialitäten. Es war einfach schick und modern. Hier konnte man sehen und gesehen werden.

Die Jugend ist eine Zeit der Partnersuche. Ob die jungen Leute sich dessen bewusst sind oder nicht. Partnersuche bedeutet auch, seinen Marktwert zu testen. Deshalb musste man durch die Kleidung, das Benehmen oder das Reden auffallen.

In der Mokka- Milch- Eisbar gab es eine der seltenen Musikautomaten. Es war unbestritten das beliebteste Gerät zur Erregung von Aufmerksamkeit durch das andere Geschlecht. So war es auch an diesem Tag. Eine Gruppe von Schülern hatte die Musikbox umringt und füllte ihren Speicher unaufhörlich mit Groschen. Einer war auf die alberne Idee gekommen, zwanzigmal dasselbe Lied zu wählen. Es handelte sich um eine schlimme Schnulze, das Lied vom alten Fischer. Und hingebungsvoll sangen zehn Jungenkehlen den Refrain vom alten Fischer am blauen See lautstark mit.

Olaf erkannte in den sangesfreudigen Jungen die Mitschüler aus seiner Klasse. Er wollte deshalb an der Tür umdrehen, ehe Christel die Szenerie erblicken konnte. Doch zu spät. Gerhard hatte ihn erkannt und rief ihm lautstark zu, er möge doch reinkommen. Er würde als Verstärkung gebraucht. Immerhin hatte er ja erst vor wenigen Stunden sein Können als Sänger des Singeclubs unters Beweis gestellt. Olaf konnte wieder nicht nein sagen. Und so landete er mit Christel am Tisch der Jugendclique. Was die Teilnehmer dieser Runde nicht wissen konnten, war, dass der Wirt die Polizei um Hilfe angefordert hatte. Die grölenden Jugendlichen verschreckten andere Gäste. Mit den Jungs war kein Geschäft zu machen. Die hatten nur eine kleine Schokomilch bestellt, blockierten aber für Stunden das Cafe.

Die Bekämpfung des Rowdytums unter der Jugend hatte in der staatlichen Sicherheitspolitik oberste Priorität. Die Polizei sah darin den Einfluss der westdeutschen Rundfunk- und Fernsehsender und ging rigoros gegen derartige Erscheinungen vor. Es entsprach diesem überspitzten Sicherheitsdenken, dass nach wenigen Minuten ein Polizeiwagen mit Sondersignal vor dem

Eiscafé anhielt und eine Einsatzgruppe der Polizei in den Gastraum stürmte. Mit rüdem Ton wurden die jungen Leute aufgefordert, ihre Ausweise vorzuzeigen und danach auf dem Mannschaftswagen zur Feststellung der Personalien mit ins Revier zu kommen.

Olaf war diese Angelegenheit sehr peinlich. Wie wird Christel reagieren. Bestimmt wird sie sofort ihren Vater anrufen. Für den war es ein Klacks, seine Tochter rauszuholen.

Zu seiner Überraschung passierte genau das Gegenteil. Christel wurde bei der Überprüfung ihrer Personalien gefragt, ob sie mit dem Vorsitzenden des Rates des Bezirkes verwandt sei. Christel verneinte diese Frage nicht, sondern antwortete trotzig, dass sie keine Aussagen in einem polizeilichen Verfahren ohne ihren Anwalt machen würde. Das war mehr als kühn. Was heute eine ganz opportune rechtsstaatliche Schutzmaßnahme ist, war in der DDR überhaupt nicht üblich. Die Polizei reagierte auch entsprechend. Christel wurde mit den Worten „dir werden wir schon beibringen, wer hier wen schützt" am Arm gepackt und in eine Arrestzelle gebracht.

Die anderen konnten nach Überprüfung ihrer Personalien nach Hause gehen.

Olaf war ratlos. Wie sollte er sich verhalten. Er fühlte sich für Christel verantwortlich. Immerhin hatte er sie in diese Lage gebracht. Aber konnte er so einfach den Ratsvorsitzenden aufsuchen , um ihn über das Geschehen zu informieren. So gut kannten sich Christel und Olaf noch gar nicht. Sie war ja nicht sein festes Mädchen, sondern nur eine flüchtige Bekannte.

Olaf erinnerte sich, dass Christel ihm erzählt hatte, ihre Eltern besäßen ein Ferienhaus in Friedrichsbrunn. Ja, richtig, jetzt fiel es Olaf wieder ein. Die Familie hielt sich an diesem Wochenende dort auf. Kurzentschlossen setzte sich Olaf auf sein Moped und nahm Kurs auf Friedrichsbrunn.

Was sich heute so leicht sagt, war zu jener Zeit eine echte Herausforderung. Olaf besaß ein sehr altes und reparaturanfälliges Moped des Typs SR 1. Für diese Maschine war die Fahrt in den Harz eine harte Bewährungsprobe. Der kleine Motor leistete nur 1,5 PS. Eine schnelle Berganfahrt verbot sich, weil der schwache Motor schnell verkohlte und dann seinen Dienst versagte. Denn der Motor wurde mit einem Gemisch angetrieben, das zu 25 % aus Öl bestand. Olaf missachtete aber alle Vorsichtsmaßnahmen und raste mit Höchstgeschwindigkeit in Richtung Bad Suderode.

Hier begann der Anstieg. Nach wenigen Kilometern fing der Motor an zu spucken. Ein sicheres Zeichen seiner Überlastung. Zum Glück hatte das SR 1 Pedale. Es konnte zur Not auch als Fahrrad genutzt werden. Was auch nötig wurde. Olaf trat mit aller Kraft und erreichte so auch den bekannten Harzer Luftkurort. Hinterm Ortseingang geht die Hauptstraße steil bergab. Das Moped dankte dem Geländeprofil und konnte ohne Unterstützung schwungvoll vor dem örtlichen Café vorfahren.

Olaf ging schüchtern in das Café und fragte nach dem Ferienhaus des Ratsvorsitzenden. Ehe die Bedienung antworten konnte, mischte sich eine sehr hübsche Dame ein und fragte Olaf, weshalb er das wissen wollte. Die Frau hatte eine derartige Ausstrahlung, dass Olaf sich nicht traute, auf diese Frage nicht zu antworten. Er berichtet aber nur das Wesentliche und Unverfängliche. Woraufhin die Frau ihre Zigarette im Aschenbecher ausdrückte und kommandierte: „Mitkommen junger Mann, Christel ist meine Tochter."

Vor dem Café wartete ein nagelneuer rot – weißer Wartburg Camping. Christels Mutter konnte nicht wissen, dass dieses Auto Olafs Traumwagen war. Er nahm andächtig auf dem Beifahrersitz Platz und genoss die kurze Fahrt. Als er die Chance nutzen wollte, von der Fahrerin Informationen über das Auto zu bekommen, wurde er enttäuscht. Die Frau wusste absolut nichts über die Technik des Wagens zu sagen. Sie verstand aber das Interesse des Jungen und hielt auf dem Waldweg an. „Na los, mein Lieber", sagte sie freundlich, „ nun fahr mal ein paar Meter. Hier kann es ja keiner sehen."

Olaf glaubte seinen Ohren nicht zu trauern. Das ließ er sich nicht zweimal sagen. Er klemmte sich hinter das weiße Kunststofflenkrad. Theoretisch war er durchaus in der Lage, das Auto zu lenken. Er wusste wo die Gänge lagen, wie man im Zusammenspiel von Kupplung und Gaspedal gefühlvoll anfährt und wo die Bremse ist. Er wusste, dass der 1 -Liter Dreizylindermotor eine Leistung von 45 PS auf die Vorderräder schickte.

Aber diese technischen Daten waren für ihn nicht das Ausschlaggebende. Wichtiger war ihm das Design des Autos. Diese weiche, harmonische Linienführung mit dem schwungvollen Übergang zu den großen Glasflächen im Heckteil . Auch viele Jahre später hielt er dieses Fahrzeug für das schönste, was jemals volkseigene Fließbänder verlassen hatte.

„Na was ist", die Frau riss ihn aus seinen Träumen", wollen wir oder können wir nicht?" Olaf trat die Kupplung, legte den ersten Gang ein. Dann erst mal durchatmen. Jetzt leicht Gas geben und die Kupplung ganz sachte loslassen. Und richtig. Ruhig und ohne Hopser fuhr das Auto an. Olaf blieb im ersten Gang. Besser so, der Waldweg war schmal und holprig.

Nach hundert Metern war die Fahrt leider schon zu Ende. Er bremste vor dem Ferienhaus ab. Auf der Terrasse saß ein Mann und trank Bier. Das musste der Vater sein. Er begrüßte seine Frau mit einem Kuss und fragte fröhlich, ob sie sich einen jungen, hübschen Chauffeur zugelegt habe. Olaf fand diese freundliche Atmosphäre sehr angenehm. Hier gefiel es ihm gut.

Aber er war ja nicht zum Vergnügen hier. Die Frau berichtet kurz, was sie von Olaf erfahren hatte. Der Vater konnte sich ein Lächeln nicht verkneifen. „Unsere Christel, macht wieder mal auf Revolution der Jugend." Und an Olaf gewandt: „Berichte mir doch bitte, was dazu noch wichtig wäre, meine Frau konnte ja nur das weitergeben, was du ihr erzählt hast."

Olaf konzentrierte sich, um einen guten Eindruck zu machen. Der Mann sollte merken, dass er kein Dummer war. Man weiß ja nie, wozu das mal gut sein konnte. Der Vater ließ Olaf ausreden, nickte ihm dann anerkennend zu. Er wandte sich an einen Mann mit Lederjacke: „Genosse Oberleutnant, bitte fahren sie nach Quedlinburg und bringen bei der dortigen Polizei die Sache mit meiner Tochter in Ordnung. Bitte bringen sie Christel auf jeden Fall sofort hierher. Hören sie, hierher, bis wir morgen nach Hause fahren. Sie darf nicht in der Stadt bleiben."

Der Oberleutnant nahm Haltung an, sagte : Zu Befehl Genosse Ratsvorsitzender." Und fuhr mit einem Geländewagen sowjetischer Produktion davon.

Der Vater machte eine zweite Flasche Bier auf und reichte sie Olaf. „Magst du ein Bier trinken. Ich finde, du hast es dir verdient." Und zu einem Mann in Zivil: „Eigentlich Zeit für einen deftigen Skat." Olaf sah er fragend an: „ Kannst du Skat spielen?"

Olaf liebte dieses Spiel sehr. Er musste sich deshalb nicht anstellen, sondern willigte gerne ein, eine Partie zu spielen. Das Spiel nahm ihn so in Anspruch, dass er gar nicht merkte, dass Christel schon eine Weile auf der Terrasse saß. Nachdem Olaf den Vater kräftig abgefrühstückt hatte, lachte sie laut auf und sagte zu ihrem Vater: „Hast du endlich mal einen gefunden, der dir zeigt was Sache ist. Deine Genossen trauen sich ja nicht, gegen dich zu gewinnen. Deshalb bist du stets der Sieger obwohl du ein lausiger Spieler bist."

Olaf war die Situation mehr als peinlich. Er hatte sich vergessen und diesen wichtigen Mann verlieren lassen. Der aber nahm das nicht weiter krumm. Er stand auf und sagte freundlich. „Nun mein lieber junger Freund, es wird Zeit für dich. Meine Frau fährt dich zurück. Dein Moped hat die anstrengende Fahrt ja nicht verkraftet. Wir lassen es reparieren und dir nach Hause bringen. Und nochmals herzlichen Dank für deine Unterstützung. Und wenn du mal wieder bei uns reinschauen könntest, würden wir uns alle freuen. Christel wird dich anrufen wenn wir das nächste Mal wieder hier sein werden."

Ja wo lebt denn dieser Mann. Olaf besaß kein Telefon. Auch seine Eltern nicht. Und keiner in seiner Familie. In der DDR hatten nur sehr wenige Menschen einen privaten Telefonanschluss. Nur etwa 19 Prozent konnte diesen Luxus nutzen . Die Wartezeit für einen eigenen Anschluss betrug bis zu 25 Jahre.

Er sah Christel schüchtern an. Die begriff sofort und sagte: „ Ich schicke dir eine Karte. Telefonieren müssen wir nicht. Ich melde mich auf jeden Fall bei dir."

Im Auto, neben der schönen Frau, blieb Olaf diesmal stumm. Das soeben erlebte beschäftigte ihn so sehr, dass in seinem Kopf für keine anderen Gedanken mehr Platz blieb. Schon gar nicht für die technischen Parameter des Wartburg Camping.

Die Frau sah ihn von der Seite an. Der Junge gefiel ihr. Die Tochter hatte einen guten Geschmack bewiesen. Nicht nur wegen des Aussehens, sondern seine Art zu sprechen und sich zu benehmen, hinterließen einen sehr guten Eindruck. Aber diese zarte Liebesbeziehung wird keine Zukunft haben. Christel und Olaf lebten in verschiedenen Welten. Nicht nur wegen der Entfernung. Das konnte man noch hinkriegen. Von Halle nach Quedlinburg gab es eine gute Zugverbindung. Doch es gab große Pläne für ihre Tochter. Da gab es für einen junge Burschen aus der Provinz keinen Platz. Wie nebenbei sagte sie deshalb: „Es wird nicht einfach für euch, eure Beziehung weiter zu führen. Christel nimmt im Herbst ein Studium in Rostock auf. Sie hat sich für Lateinamerikanistik entschieden. Nach dem Studium soll sie eine Aufgabe im Außen-ministerium übernehmen. Vielleicht als Botschaf-terin der DDR in Afrika oder Lateinamerika.

Olaf war klug genug, diesen diskreten Rat zu verstehen. Die Frau fragte ihn nach seinen Zukunftsplänen. Ob er schon in der Berufs-ausbildung sei. Olaf fühlte sich in seinem Stolz verletzt und wich deshalb einer detaillierten

Antwort aus. Er hätte jetzt angeben können, dass er im nächsten Jahr sein Abitur macht und dann Physik studieren wird. Statt dessen murmelte er etwas wie „ja ne Lehre als Mechaniker" als Antwort.

„Ist ja auch ganz nett", sagte die Frau ohne jede Ironie in der Stimme.

Olaf hatte verstanden.

Die unbekümmerten Jahre der Kindheit und Jugend gingen zu Ende. Der Ernst des Lebens wartete auf ihn. „Sag mir wo du stehst" war nicht nur eine Liedzeile. Es war für ihn wie ein Kompass für sein Leben. Christel und ihre Familie standen mit nicht auf der selben Stufe. Das musste nicht so bleiben.

Aber wollte er das überhaupt? Mit solchen Leuten auf einer Stufe stehen? Er konnte auf diese Fragen noch keine Antworten finden. Dafür wusste er noch nicht genug vom Leben.

Der Wagen hielt vor dem Olafs Wohnhaus.

Er stieg langsam aus und sagte zu der Frau: „Vielen Dank fürs Fahren und so. Christel wünsche ich viel Glück auf ihrem Weg. Vielleicht kreuzen sich unsere Wege später wieder. Womöglich in Brasilien. Wo sie an der Botschaft arbeitet und ich eine Forschungsreise als Physiker mache.

In unserem Land und in unserem Leben kann ja Vieles möglich werden – Oder?"

Nach 10 Jahren

Olaf strich über den Lenker seines Fahrrades. Fast zärtlich war diese Geste. Vor ihm lag die steile Abfahrt, wo er vor vielen Jahren einen schlimmen Unfall hatte. Die Bremsen seines Fahrrades hatten versagt. Das kann ihm heute nicht passieren. Das Fahrrad ist nagelneu. Es war nicht billig, aber er hatte es sich gegönnt. Ein Qualitätsprodukt der Fahrradfabrik Diamant mit Gangschaltung und Felgenbremsen. Olaf fasste den Lenker fester und stieß sich von der Straße ab. Das Rad machte Tempo, obwohl Olaf nicht trat. Der Tacho zeigte 60 Km/h. So schnell musste er damals auch gefahren sein, als er ungebremst in die wartende Gruppe seiner Klasse raste.

Jetzt wollte er es wissen. Mit aller Kraft trat er den Rücktritt. Mit quietschenden Reifen stand das

Fahrrad nach wenigen Metern. Der Rücktritt hatte perfekt funktioniert. Olaf konnte sich auf sein Rad verlassen.

Die steile Abfahrt lag nun hinter ihm. Es begann die Mühe der Ebene. Jetzt musste Olaf in die Pedale treten. Er tat das mit großem Vergnügen. Der Tacho zeigte 50 Km/h an. In diesem Tempo würde er schnell in Quedlinburg sein. Jedenfalls viel schneller als der Personenzug, den er gerade überholte.

So, das sollte genug sein. Olaf reduzierte die Geschwindigkeit. Er war auf dem Wege zum Klassentreffen. Er wäre dort nicht gerne total verschwitzt eingetroffen.

Die Organisatoren des Treffens hatten sich für das Schloss -Restaurant entschieden. Eine gute Wahl. Olaf liebte dieses historische Ensemble von Gebäuden auf dem Sandsteinfelsen. Allerdings teilte sein Fahrrad diese Begeisterung nicht. Es war nicht zu bewegen, die steile Zufahrt zum Schlosshof zu fahren. Es war doch eine zu große Heraus-forderung für Fahrrad und Mensch. Zumal das sehr grobe Kopfsteinpflaster die Aufgabe noch erschwerte.

Olaf traf spät ein. Das war sonst gar nicht seine Art. Er hatte sich für die Anfahrt mit dem neuen Fahrrad zu viel Zeit genommen. Aber das war ihm wichtig. So kam er als Letzter, und die ganze Klasse stand im Restaurantgarten und wartete nur noch auf ihn. Die Truppe war gut drauf und empfing ihn mit Beifall. Er hörte aber auch eine höhnische Bemerkung, „der Herr Doktor hat es wohl nicht nötig, pünktlich zu erscheinen"….

Doch diese verbale Entgleisung überhörte Olaf und ging mit den Anderen in ein separates Zimmer. Es war das Äbtissinnen Zimmer. Es sah herrlich aus mit den alten Gemälden, Möbeln und Wandtäfelungen.

Olaf sah aufmerksam in die Runde. Waren alle gekommen, oder fehlten einige. Welche Lehrer hatten die Organisatoren eingeladen. Mein Gott, dachte Olaf, jünger sind seine Klassenkameraden aber auch nicht geworden. Aber er erkannte alle und konnte auch die Namen richtig zuordnen. Für eine kleine Zeit verharrten seine Augen bei Küsschen. Sie war zu einer attraktiven Frau erblüht. Olaf spürte sich von ihr angezogen, wie schon als pubertierender Junge. Gudrun spürte seine Blicke und sah in an. Wie es schien für sehr lange sprachen ihre Augen miteinander. Dann lächelte Küsschen und wendete sich zu einem neben ihr sitzenden Lehrer.

Reiner Waise, der Chef des Organisationsstabes begrüßte Mitschüler und Lehrer. Er schlug vor, jeder sollte berichten, was die Jahre seit dem Schulende mit ihm gemacht hatten. Ein Ritual, das wohl auf allen Klassentreffen in der Welt Anwendung findet.

Reiner bat Olaf den Anfang zu machen, weil er es von allen am weitesten gebracht hätte. Sie seien stolz, dass einer von Ihnen einen Doktortitel habe.

Diese Tatsache war wohl nicht allen bekannt, und so ging ein Raunen durch den Raum.

Olaf fühlte sich überrumpelt. Das gefiel ihm so nicht. Er wollte nicht den Elitemann raushängen lassen, sondern als einer unter Gleichen behandelt werden. Leider machte er die Dummheit, diesen Gedanken am Beginn seiner Rede laut zu äußern.

Stille trat ein. Reiner wirkte hilflos. Er lächelte schräg und stotterte etwas von „nicht böse gemeint.."

Unvermittelt hörte Olaf eine vertraute Stimme. Küsschen hatte in ihrer burschikosen Art das Verfahren an sich gezogen. „Nun sei mal nicht so empfindlich", sagte sie zu Olaf und ihre braunen Augen strahlten ihn an, „ du musst uns schon gestatten, dass wir dich gerne haben und uns über deine Karriere freuen. Ist doch schön, dass einer von uns es so weit bringen konnte. Und nun erzähl mal, wo arbeitets du, hast du Familie. Ich meine Frau und Kinder."

Aber Olaf gab nicht nach. Er lächelte Gudrun freundlich an und sagte nur: „Ladies first. Heute geht es nicht nach Doktortiteln sondern nach Schönheit."

„Bitte schön", Gudrun wurde die Sache zu dumm, „wenn der Herr es so wünscht, fange eben ich an."

Ein Raunen erfüllte den Raum. Die gute Stimmung war dahin. Der von Olaf angezettelte Streit ging allen auf die Nerven.

Gudrun hatte gute Sensoren für Stimmungen und fing ihren Bericht mit einer dicken Überraschung an: „Ich kann zwar keinen Doktortitel vorweisen, dafür war ich dreimal verheiratet und habe vier Kinder von fünf Männern."

„Und das alles in zehn Jahren", platzte es aus Olaf heraus.

Gudrun: „Ja, alles in zehn Jahren. Meinen ersten Mann kennt ihr ja, der Familie gehörte die Polsterei. Ich hatte ihn nicht nur wegen des Geldes geheiratet, aber wirklich geliebt hatte ich ihn auch nie. Er war ein richtiger Spießer. Immer nur Geld, Geld, Geld. Wir haben zusammen einen Jungen. Der durfte sich nie schmutzig machen, nicht im Auto essen und so weiter. Ich habe das Verhältnis nach zwei Jahren beendet und meinen Chef geheiratet. Der war zwar nicht der Jüngste, aber ein ganz feiner Charakter. Ist dann leider früh gestorben. Bauspeicheldüsenkrebs. Da war nichts zu machen."

Sie konnte nicht mehr weiter sprechen. Tränen liefen über ihr hübsches Gesicht.

Reiner unterbrach das Schweigen: „ Und der dritte Mann?"

Gudrun: „Über den möchte ich nichts sagen. Nur so viel, Ich habe vor vier Wochen die Scheidung eingereicht. Ich finde, ich habe nun genug von mir offenbart. Könntest du, lieber Olaf, fortfahren?"

In einer sehr spontanen Aktion stand Olaf auf, ging zu Gudrun. Er nahm sie in die Arme und gab ihr einen   richtigen Kuss. „So", sagte er, darauf habe ich schon so lange gewartet. Du weißt vielleicht nicht, dass du das Mädchen bist, dass mir den ersten Kuss schenkte. Hiermit sind wir quitt."

Es war mucksmäuschenstill. Keiner lästerte. Bis es Dieter nicht mehr aushielt. „Nein, wie ist das schön", sagte er, „das ist noch echte Liebe. Was ist, altes Haus, ist jetzt die Zeit reif, dass du deine Jugendliebe ehelichst?"

Olaf ignorierte diese Bemerkung seines Blutsbruders. Statt dessen übernahm er das Wort und erzählte von seinem Physikstudium. Der Promotion mit 28 Jahren. Seiner Tätigkeit als Hochschullehrer und Wissenschaftler.

Dieter rief dazwischen: „Da fehlt noch was. Wie ist es mit deinem Ehestand? Du warst doch damals mit der hübschen Christel zusammen. Was ist daraus geworden?"

Olaf antwortete darauf nur widerwillig: „Christel habe ich aus den Augen verloren. Sie hat in Rostock studiert und ist dann irgendwann irgendwohin als Botschafterin der DDR gegangen worden. Ich habe sie nie wiedergesehen. Und was meinen Ehestand angeht, so habe ich keinen. Ich lebe aber seit acht Jahren in einer festen Beziehung. Meine Frau ist Ärztin. Kinder haben wir noch nicht."

Er legte seinen Arm um seinen Blutsbruder und forderte ihn auf, als Nächster seinen Lebensweg zu beichten.

Dieter lachte laut und herzlich auf: „Beichten ist gut, das trifft den Kern obwohl ich nicht in der Katholikenkirche bin. Nach dem Abschluss der zehnten Klasse habe ich als Matrose bei der Hochseeflotte der DDR angeheuert. Bei der ersten Gelegenheit wollte ich abhauen. Der Bootsmann hat das aber verhindert und mich in Gewahrsam genommen. Natürlich haben die mich dann entlassen. In den Knast haben sie mich aber nicht gesteckt, weil ich noch so jung war, also ich meine noch nicht volljährig. Ich habe dann bei meinem Vater eine Schlosserlehre gemacht."

Reiner wartete, ob Dieter noch was sagen wollte. Das war nicht der Fall, deshalb übernahm das Fragen eine von Dieters ehemaligen Freundinnen.

Sie wollte wissen, ob Dieter schon gebunden ist und ob er Kinder hat.

Dieter konnte es sich nicht verkneifen, wieder seine Späßchen zu machen: „Ob ich Kinder habe, kann schon sein. Ich weiß es nicht. Ihr wisst doch, schlage nie ein fremdes Kind, es könnte dein eigenes sein."

Doch diesmal kamen seine Witze nicht an. Alle blickten betreten zu Boden. Reiner fragte noch, wo Dieter jetzt arbeitet. Immer noch bei seinem Vater in der Werkstatt? Dieter verneinte. Diesmal sachlicher: „Nach der Schlosserlehre bin ich zur Armee gegangen. Zu den Luftstreitkräften. Allerdings konnte ich wegen des Fluchtversuches kein Pilot werden, sondern arbeite beim Bodenpersonal. Ich bin Hauptmann und hoffe, dass ich eines schönes Tages doch noch meinen Jugendtraum vom Fliegen verwirklichen kann.

Die ehemalige Klassenlehrerin stand auf. Alle richteten ihre Blicke auf sie. Sie war eine sehr angesehene Lehrerin, die sie von der vierten bis zur zehnten Klasse betreut hatte. Sie öffnete ihre braune Lederaktentasche. Alle kannten dieses Accessoire. Das Leder hatte viele Schrammen und kaum noch Farbe. Aber die ehemaligen Schüler waren von dieser Geste und der Tasche gerührt. Da war so was Vertrautes, sie fühlten sich wieder in die zehnte Klasse versetzt.

Die Lehrerin Frau Arbes holte einen Stapel Schreibblätter aus ihrer Tasche, hielt sie hoch und fragte: „Könnt ihr euch denken, was ich hier in meinen Händen halte?"

Wie in der Schule hoben einige den rechten Zeigfinger in die Luft. Frau Arbes wies auf Reiner: „Ja bitte, was meinst du?"

„Aufsätze unserer Klasse?"

Frau Arbes: „Schon richtig aber nicht irgendwelche Aufsätze. Das ist die Arbeit, die ihr in der achten Klasse aus Anlass eurer Jugendweihe geschrieben habt. Das Thema lautete: Mein Leben 1975."

Der Damm war gebrochen. Alle redeten auf einmal. Jeder wollte unbedingt seinen Aufsatz lesen. Frau Arbes beruhigte die Gemüter: „Ihr bekommt eure Aufsätze ja gleich. Ihr dürft sie dann sogar behalten. Aber vorher möchte ich noch ein paar Gedanken zu diesen Aufsätzen äußern."

Sie wartete, bis wieder Ruhe herrschte und sagte dann: „Diese Aufsätze sind ein Spiegelbild eurer Generation. Ihr habt eure Träume und Pläne für eure Zukunft beschrieben, in einer friedlichen und menschenfreundlichen Welt. Es spricht sehr viel Zuversicht aus diesen Zeilen. Ihr hattet Vertrauen in eure Eltern, eure Schule und euren Staat. Mit diesem Vertrauen konntet ihr euren eigenen Lebensweg getrost beginnen. Ohne dass euch Angst und Gewalt begleiten, sondern Liebe und Vertrauen. Zum Schluss meiner Ansprache möchte ich noch eine Statistik bringen. Ihr ward damals 25 Schülerinnen und Schüler in dieser Klasse. Ihr hattet folgende Berufswünsche

5 Friseurinnen, 3 Autoschlosser, 2 Piloten, 3 Kosmonauten, 1 Klempner, 3 Offiziere in der Volksarmee, 3 Kindergärtnerinnen, 2 Ärzte, 1 Pfarrer. Zwei haben diese Frage nicht beantwortet. Jetzt wollen wir doch mal sehen, wer seinen damaligen Berufswunsch verwirklichen konnte."

Sie verteilte die Aufsätze und alle prüften neugierig deren Inhalt.

Frau Arbes sah, dass alle ihren Aufsatz gelesen hatten und sagte: „Jetzt soll ich wohl fragen, wer seinen Wunsch erfüllen konnte und wer nicht. Vielleicht solltet ihr die Hand heben ob ja oder nein. Genau das werde ich aber nicht tun. Das soll euer eigenes Geheimnis bleiben. Wichtig ist doch nicht, ob einer Doktor der Physik ist oder Damenfriseurin. Sondern viel wichtiger ist doch, dass ihr anständige Menschen geworden seid. Und ihr wisst selber am besten, ob ihr das seid oder nicht. Und jeder Tag stellt dieser Frage neu.

Ich wünsche euch alles Glück der Welt. Ich liebe euch."

Du gibst, wenn du redest, vielleicht dir die Blöße,

Noch nie überlegt zu haben, wohin.

Du schmälerst durch Schweigen die eigene Größe

Ich sag dir, dann fehlt deinem Leben der Sinn!

Aus: Sag mir wo du stehst. In: Lieder und Leute,
Berlin 1982, S. 126

FSC
www.fsc.org

MIX
Papier aus verantwortungsvollen Quellen
Paper from responsible sources
FSC® C105338